南方人文。駐地書寫

穿走母親河畔

郭漢辰／著

林怡芬／繪　鍾舜文／攝

南方人文・駐地書寫

穿走母親河畔

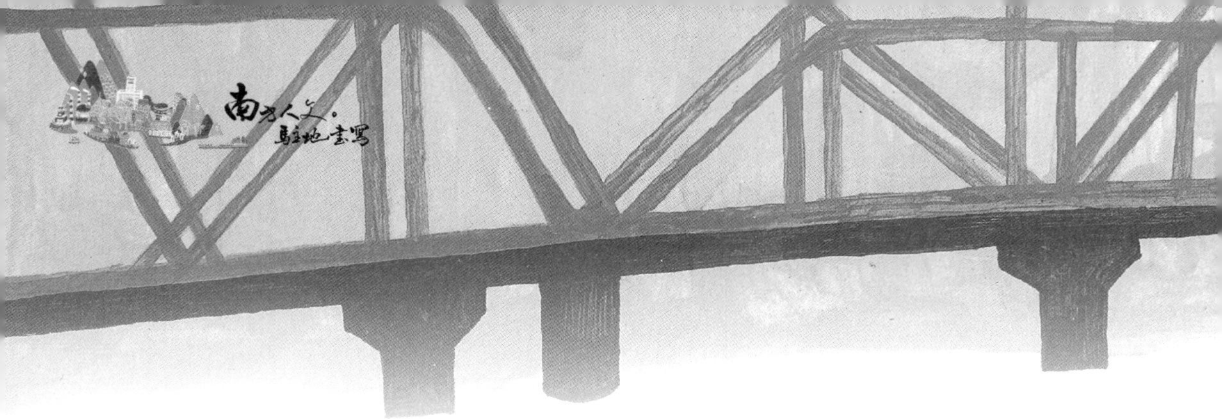
南方人文。
駐地畫寫

市長序

城市靈魂的永恆誦歌

為了勾勒描繪大高雄現今山海、田園以及都會等多元樣貌，此次「南方人文駐地書寫」計畫，締創有史以來最龐大的陣容，集結文學創作者、影像工作者及插畫家，深入高山、海港、農園以及現代大都會，讓文學家蹲點創作，團隊們深刻紀錄，並且走入基層的庶民生活，與大地熱情擁抱，為城市多樣的靈魂，譜出一首首永恆的文學誦歌。

大高雄自從縣市合併後，整個城市壯大雄偉了，不但從平原向高山大海延伸，並且從繁華都會擴展到綠意田園。為了發揚高雄市文學與土地結合的在地書寫軸線，「南方人文駐地書寫」計畫，策畫邀請在地創作團隊，走入南台灣生命力最為旺盛的大城小鎮。

這一系列的文字創作，包括汪啟疆《山林野旅手札》、郭漢辰《穿走母親河畔》、李志薔《臨海眺望》、鄭順聰《海邊有夠熱情》、劉芷妤《TO西子灣岸——我親愛的永無島》以及徐嘉澤的《城市生活手帳》，作家不但行走在大高雄崎嶇山林、綿長海邊，還在田園中成為一顆旺來，想像自己如何在大地的擁抱裡奮力成長。作家們還在浪濤聲中以及大都會的霓光彩影裡，傾聽孩子們及青年人的心聲，他們在上山下海遍地書寫中，賦予在地書寫更豐盛的新生命。

創作者還努力挖掘在土地、海港、山林等辛勤工作人們動人心弦的好故事，將關懷視野，灑遍大高雄每吋土地，深刻觸及莫拉克災區和弱勢小朋友的議題，讓大高雄生命的熱度，轉化成一個個發光發熱的文字光點。此外，為了讓作家所勾勒的大高雄立體化，我們動員了攝影師、插畫家、紀錄片或短片拍攝團隊，以現今多元藝術媒介的操作，留下一抹抹創作者與土地接觸的動人身影。

從此以後，讓我們從作家的文字裡，呼吸山林最清淨的空氣，學習大海寬闊的胸襟，更要像一顆汲取天地養份的旺來，最終無私奉獻的精神。我相信，在這座由文學搭建的城市裡，未來將有更多創作者，行走在大高雄的每個角落，讓文字飛揚成一首首永恆的誦歌。

高雄市市長

陳菊

局長序

遍地開花的文學種籽

縱觀國內外最好的文學創作，幾乎都是深耕地方，從自己生長的大地上，紮根、萌芽，最後遍地成林，綠意盎然。大高雄「南方人文駐地書寫」計畫，開啟大高雄地方書寫新扉頁，不但由文學創作者，將一顆顆文學種籽帶到山林，攏至海濱，歸回田園，並且栽種在大都會的柏油路上，無論環境多麼惡劣，種籽照樣衝破任何橫逆美麗開花，在我們這座城市裡，綻放恆久的文學芬芳。

參與這次書寫工作的文學創作者，代表大高雄地區不同世代的文學視野，深入大高雄地區從平原到海邊又深入山區的特殊環境。其中著名的海洋詩人汪啟疆，放下了擺放在他心中一輩子的海洋，走入那片在八八風災被重創的山林，寫下了《山林野旅手札》，以最卑微崇敬的心，傾聽上天透過災劫告知人們，要重新禮敬大自然的訊息。

中壯年作家郭漢辰則走訪大高屏溪畔，以《穿走母親河畔》書寫河岸農業、古蹟以及藝術產業萌芽茁壯的全新蛻變。導演及小說家李志薔在《臨海眺望》，以影像般的精確文字，繪寫高雄港岸二十多年的蜿蜒記憶及變化。作家鄭順聰在《海邊有夠熱情》裡，以輕巧靈動的文筆，為魅力無窮的蚵仔寮與周近地區，描繪一個個生活在市井海港的小人物。

青年作家徐嘉澤在《城市生活手帳》中，藉著手帳式的景點隨筆，記錄下自己再也熟悉不過的高雄，描繪出部分私密和部分屬於大眾的這座城市。劉芷妤的《TO西子灣岸——我親愛的永無島》，以一篇篇看似童話般的故事，書寫出在城市角落裡等待被關懷的小朋友們。

我相信，每個人心中各有一幅大高雄的城市地圖，如今我們更希望透過大高雄作家們這一系列的深入書寫，讓人們都能握取到打開自己城市記憶地圖的鎖鑰，勇往直前走入自己的山林大海，傾聽山風浪濤的無盡密語。

最終我們會走入寧靜的田園，把耳朵俯貼在大地上，聆聽到每顆看似平凡又不平凡的文學種籽，開始他們在人間的心跳。然後，我們會親眼看見他們在眼前，遍地成林遍地開花，大高雄成了一座綠意花香的文學城市。

高雄市文化局局長

作家寫作者
側寫郭漢辰

劉芷妤

雖然我早知道這世界比馬奎斯筆下的馬康多更歪斜，人禍遠比天災恐怖，但如果不是日日被迫生存其中，簡直要為日常中俯拾即是的黑色幽默撫掌大笑。

只好安慰自己：從來，藝術都是冷酷人生淬煉下的結晶，因此我們至少還能有所期待。

郭漢辰便是個實實在在從生命土壤裡長出來的創作者。

跨界詩、散文與小說，甚至長期任職記者、如今致力發展地方文史的不同經驗，讓郭漢辰成為台灣文壇中少見的全方位文字創作者，多向且深厚的書寫功力幾乎令人嫉妒。

在充滿災厄的荒謬世界與個人週邊的生離死別之中，郭漢辰以文字在平實生活裡從容行走，我們原以為那該是令人不堪負荷的沉重語言，卻意外地在跟隨字句闖蕩的一路上處處撿拾創作者專屬的奇思巧趣——而這便是郭漢辰，面對大時代與小人物的衝撞與無奈之際，仍用清明銳利的眼為讀者拓出一方朗朗晴空。

若單單只是見他在鳳梨田裡健步徐行，揚眉俯首之際與採訪對象妙語笑談，大概很難想像他身負來自家族遺傳與算命師的死亡預言，甚至事先為摯愛的家人寫下如同冬日暖陽般的動人篇章；若只看過他在廟口一邊大啖粿條，一邊與眾人暢談地方掌故與發展，或許也想不到他抱回的各大文學獎作品中，深藏著透徹觀察、飛揚想像與細膩文采三者並馳的生命體認。

因此我幾乎可以確定，在這杯鮮榨「穿走母親河畔」這本書裡，除了鳳梨原味與傻勁執著，經過郭漢辰的筆下，我們還可以期待一些接近酩釀或老茶的，後勁與回甘……

作者序
我是一粒旺來

郭漢辰

「把自己變成一粒旺來！」

那是種鳳梨的巴哥，有一天和我分享他這幾年耕種田園的心得。他說，想要種好鳳梨，就要想像自己就是一顆被種在大地的旺來，想像旺來如何吸收日月精華，吸吮母親河有形無形的水乳，讓旺來擁有最豐沛的養份。

南方人文駐地的農業篇，便是從這句話衍生而出。

我開始穿走在大樹區的母親河畔，穿走於旺來田、歷史古蹟以及藝術人文的天地裡。這才了解到，不單單只有耕耘大地的農夫們，須要努力打拼，更有傳承文化志業的好朋友們，在溫暖的母親河懷抱裡，燒煉夢想、打造永恆。

從此以後，請你穿走在我的字裡行間，把自己變成一粒旺來，正要承受無邊無盡的風吹雨打。或是把自己想像成一塊磚瓦、或是一個瓷器的粗胚，正要送進火窯裡熬燒……

我只想說，我是一粒小小的旺來，正在大地綻放如同烈火的鳳梨花……

作者簡介

郭漢辰，一九六五年生，曾任地方記者，目前為自由寫作者。擅長以飛揚的想像力，在寫實世界中加入荒誕色彩，以簡單文字刻畫細膩情感，讓人在反覆咀嚼後，領悟出生命的深刻體認。

作品豐富多樣，獲國內重要文學獎，入選各類選集。著有長篇小說集《記憶之都》、短篇小說集《封城之日》、散文集《和大山大海說話》、中篇小說集《回家》書等多本創作。個人udn部落格——南方文學不落城 郭漢辰文學館 http://blog.udn.com/s1143

母親河的年輪。

母親的年輪

母親河和她年復一日累積而成的年輪，是我依戀不已的故鄉。她的臂彎始終那麼溫暖，讓我穿走過一次又一次命運的叉路……

午后的微風輕拂我和你的顏面。

溪畔午睡的草原，在清涼的吹拂裡，惺忪醒來。

此刻，我揹負著亦重亦輕的記憶行囊，從溪畔出發。

我穿走過母親河畔，彷若我一直就在母親溫熱的懷裡行走，不曾走離過故鄉，亦不曾放棄如何丈量我微小的生命尺寸。

初秋的五芒草，正窸窸窣窣地細訴，大地與母親河的一切。大地須要乳水般的溪河無私地灌注，溪流千百年豐潤大地的身魂，兩者如繆似漆，交織亙古以來緊密的血脈相連。

我在這裡穿走過千遍萬遍，親眼目睹母親河從開天闢地以來，就守候在這裡的堅持。她始終給予這塊土地最豐饒的水奶，不曾斷炊過的柔情，恰似她的河水，流入溪畔望之不盡的田原，潺流著她絲絲縷縷的愛意。

母親河滋潤萬物，就像是我的母親，如今仍然在天上，俯視我行走在大地的一切身姿。我依然感受到她遺留在人世間的愛，灼燙在我心的肌膚上。

午后微風徐徐吹來，我依稀聽見了久違母親輕聲的叫喚。

一個是生我育我的母親，一個是育養天地的母親河，同樣在我的體內穿流，同樣滋養我豐盛的血肉。

舊鐵橋濕地公園內有完整景點圖，讓旅人按圖所驥，沿著母親河緩緩穿走。

我始終在欲夢欲醒之間，穿走在她們廣闊豐饒的胸膛，一步又一步小心翼翼地前進。

任何一個偉大的母親，都有她抹不去的皺紋……

皺紋便是天地日月留在母親額頭的烙痕，書寫一圈又一圈的年輪，紀錄她一生的離合悲歡。

我居住的高屏溪畔，數百年來成為供應這塊土地營養的臍帶，輸送大地最須要的養份，蜿蜒到地上每一處角落。但也因為如此，溪流也終究有了無法散去的皺紋，在她身上到處漫延，彷若樹幹裡的年輪，書寫著它一生所私藏的任何一個記憶及祕密。

認真說起來，第一道輕輕劃過母親河身上的年輪，便是清朝時期鳳山知縣曹謹所興建的「曹公圳」。當時從中國來的移民，陸續向炎熱的南方新生地挺進，城鎮一個又一個在大地上興建了起來。那時被稱為下淡水溪的母親河，便成了移民們開墾土地最仰仗的水乳，也只有溪流的淨水，能讓那些幼苗，在陽光的拉拔下，在歲月的呵護中，一天又一天

長成金黃的稻穗，在溪畔的午后微風下，微微搖曳生姿。

這些被統稱為「曹公圳」的新圳、舊圳、鳳山圳、大寮圳、林園圳，在一百多年前，遍布在大高雄區任何一處角落，成為母親河伸展出來的千手萬臂，緊緊擁抱這塊土地，適時給予豐沛的水泉，讓大地始終有著富饒的奶水，養活每個依賴母親河嗷嗷待哺的兒女。

只是一百多年來，歲月活像個巨獸，將任何一切事物吞吃得一乾二淨，如今還可看見的殘缺遺物，便只剩下隱沒於竹林裡的五孔水門，舊水門正上方留有兩塊花崗石碑，書寫著道光十九年刻下的「曹公圳」三字，其模模糊糊的字跡，可想見當年鳳山知縣曹謹，籍由這些無數的溝圳，將母親河的關愛，一點一滴灌注在這片大地上。

這些便是歲月巨獸，在母親河身上鏤刻下的年輪。在歷史刮起的沙塵暴裡，容我帶你前去尋找，容我們在這道年輪前，低首吟誦母親河所經歷過滄桑的一切……

另外一道年輪，在母親河的額頭上，烙印得更深刻一些。

Efen'13

在河岸邊，你昂首便可看見，高屏舊鐵橋在朗朗乾坤之下，大大方方地勾勒出一道又一道弧狀形的彩虹，橫跨過母親河的身子，以此連接看似被切開來的兩個雙胞胎，如此一來，母親河岸連成一氣，對外吞吐相同的呼吸，遙遙相望的溪岸從此不再孤單。

早先母親河切割過高屏平原，切出一長方形的廣闊河床，往往只有夏天雨季時，雨水來得又急又猛，灌滿了乾枯的河床，不然一般時節，河床都空耗著，彷若枯等情人的老婦，被歲月毀壞了所有的面容，河床與河岸間出現了不可能彌平的落差，從此人們要渡過母親河，得花費更多的力氣，於是，在一百年前，高屏舊鐵橋（下淡水溪橋）便在人們揮汗如雨的情形下，搭建了起來，成為母親河身上第二道最明顯的年輪。

這樣的年輪，累積了歲月的記憶，儲存了大地與河流一生的ＤＮＡ，對於母親河來說，她不曾遺忘也不會遺忘，這些年輪所經歷的任何悲喜。人們一睜開就看得見它的存在，它與母親河同在，母親河如何，它就如何，它載負河流的記憶，母親河何時狂暴，年輪就記憶著她的傷痕。

一百年來，高屏舊鐵橋被風雨重重地刮傷過幾次，進入新世紀後，大風大雨被天地暴戾之氣眷養得更加火爆了。究竟是在哪一場颱風中，舊鐵橋深受重傷，大概也沒人記得清楚。只不過二〇〇九年八八風災那次，氣吞山河的大洪水，吞食一座座舊鐵橋的橋墩，如今，站在舊鐵橋的這端，往前望去，有一大段橋墩及橋架都消失不見，我只能凝望空蕩了的天際線，與對岸遙遙相望。這中間就只有湍湍的溪流，為當年的這小段彩虹的殞落，深深弔念。

如果河流的命運有其流浪飄泊的一朝，那麼舊高屏橋被毀壞的歷史，就是溪河年輪最值得記憶的時刻。母親河總會掩面記得悲慘的那天，暴怒的溪水釀成巨大災劫，母親河算是無辜揹起黑鍋，心中的難過卻也是無法抹去。

這道年輪像是一道抹不掉的傷口，在母親河身上年年喊痛著。

母親河擁有不愉快的年輪，就有其歡愉的跡痕，就如同人生一般，有悲歡就有喜樂，有黑暗的陰影，就勢必有光明璀璨之處。母親河最大一道的年輪，出現在河岸廣大的城市景觀以及田園上。原本是田園沼澤

歲月列車早已駛過，只剩空盪舊鐵軌，獨對藍天白雲。

之地，百年來道路卻一條條開闢，人口迅速繁衍，彷彿一顆顆種籽落入地面後的無限擴散，一棟棟水泥建築物盤占了以往的田園，成為母親河周邊最劇烈的變化。

母親河畔歲歲年年更新著一幅幅全新的景緻。鳳梨田則留守在山坡地上，成為大地最後的一道農園防線。每年這些戴著大地綠色皇冠的小傢伙，在年底以及隔一年的春天，開始奮不顧身地開花，開始產下它紮紮實實的果肉。於是，一整座小山的歡歌，便這樣熱熱烈烈吟唱了起來。連母親河都悠悠地一同唱和。

初春午后的微風，依然輕拂我和你的顏面，溪畔草原在惺忪醒來後，卻又沉沉走入夢鄉，只有母親河依舊清醒。

此刻，我揹負著不重不輕的記憶行囊，從溪畔出發，走訪母親河為這塊大地所留下的任何一道年輪。我走到每一處，就先停了下來，靜靜傾聽年輪的傾訴，她叨唸著每個年代的歲月心情，她們一生中的歡喜和悲傷。這時我才明瞭，原來母親河一樣會哭泣，一樣會留下每一滴晶瑩的淚水。

她們的淚水最後滴落在我的心扉。

我恍然大悟，原來這些都是大地與母親河聯手書寫的生命故事，我必將收錄，也必將傳承。

我決定一生一世都懷帶溫暖的心，穿走在母親河的懷抱。

舊鐵橋與母親河，聯手守護眾人所摯愛的大地。

燒紅阿爸的窯廠

位於高屏溪畔的三和瓦窯，早在近百年前，一九一八年在溪畔建廠。如今經過歲月的淘洗，瓦窯迄今仍保持原貌。
那老舊的龜仔窯，上千度的烈火，彷若將時光燒回一百年以前……

我揹負著記憶的行囊，開始穿走在母親河畔……

雙眼望去，母親河的水乳，潺流到附近的三和窯廠，潑灑在從各地運來的黏土上，接著它們反覆地被捏塑成形，隨後更要在上千溫度的高溫下，被燒製成篤實厚重的紅磚瓦片。

從此，這些堅忍不拔的磚瓦，要在南台灣的大太陽底下，為人們遮風擋雨，還有抵擋幽長歲月的偷襲……

那把燒紅阿公窯廠的烈火，迄今不但未曾熄滅，更在四十八歲新一代負責人李俊宏的胸膛裡，重新點燃一把夢想之火。

這火在漆黑的暗夜裡，燒射出一片閃亮光采的姿影。

◇

走入位於高屏溪畔的三和窯廠，彷彿走進一道漫漫長長的時光廊道。廠內老舊的設施，幾乎沒有做過太大更動，數十年如一日，光影與歲月在這裡停停歇歇。

三和瓦窯內的「磚賣店」，專賣的不是名牌包，而是用古法燒製的磚瓦。

我與三和窯廠這代的負責人李俊宏是舊識，但認識的地方不在這裡，是在母親河畔對岸的另一座城市。那時我們都還在讀小學，記憶裡的俊宏，身高和我一樣高，蓄理著小平頭，我們個頭不小，坐在班上最後一排的位置上，望向黑板旁莊嚴的導師講台。我依稀記得，他臉上總籠罩著一道憂鬱的陰影，彷若有什麼心事卡在心裡，因而話不多，是個謹守本份的好學生。

三十多年後，我來到三和窯廠走訪，才與俊宏重逢。那個理著小平頭的小學同學，從煙霧迷茫的歲月嵐煙裡緩緩走出，他當然長大變高了，過去臉上那道不快樂的陰影，也早就消失不見，替代的是傳承家族事業的自信與榮光，在臉頰上歡愉跳躍著。我走在俊宏旁，在老舊廠房內閒散漫走，廣播裡播放昏黃早已不再流行的台語歌，歲月像個駝背的老人，藏匿在廠內幽微的小徑。

我終於深刻了解，原來時間可以療癒一切人間的憂鬱與不快，就像我們一直在母親河畔成長，這條蜿蜿蜒蜒的長河，如同載負著母親的大愛，漫流過每個人曾經孤寂的心房，讓心臟再度溫暖地蹦跳。母親河潺流著強大的動力，呼喚我們隨著水流往前方濤進。

磚子磘
三和瓦窯

三和瓦窯燒製的成品，典雅中帶著古味。

三和瓦窯的員工作業中。

我和李俊宏（右）離散三十多年後的重逢。

◇

從三和瓦窯的後門望出去，便可看到湍流歲歲年年的母親河，她的水乳不但灌注大地，眷養著水稻與鳳梨等農作物，更成就了這裡的煌煌文藝。三和瓦窯的磚瓦，便是百年來淋受母親河之水，由烈焰治煉而成。其製作磚瓦的黏土，最早採自母親河的溪水，近年才開始從週邊較遠的地方運來。

窯廠內有一口老井，百年前廠方便從老井取水，做為磚瓦製作的養份。只是，歲月飛奔，隨著時代技術改進，窯廠不再從老井撈水而用，而是直接設置水管，抽取地下水。若說這是地下水，也是母親河的水，隱身進入地面，成為所謂的伏流水，一樣是母親河的乳水，灌入磚瓦體內，讓母親河的生命籍以繁衍重生。

俊宏帶著我在灰暗的窯內行走，那口在歲月裡泛著淚光的老井，就在廠內的最角落。廠內的光線微弱，我們穿走在既矮又狹窄的走道，俊宏訴說這廠其實有快要一百年的歷史，和旁邊的高屏舊鐵橋都是快進入百歲人瑞的階段。俊宏笑著說，「三和瓦窯只比舊鐵橋小五歲而已，它老人家已九十五歲高齡……」。

隨著窯廠內光影的流動，我和俊宏彷彿走入時光的洪流當中，親眼見證三和瓦窯廠在西元一九一八年，日治時期大正七年的誕生。三和瓦窯的前身「順安煉瓦廠」，便在這年開始在母親河畔建廠煉瓦。過了兩年後，俊宏的曾祖父李意買下該廠，改名為「源順安煉瓦廠」接手經營。從此以後，該廠成了俊宏家族肩上的重擔，一代接著一代傳承了下來。俊宏的阿公李玉長、父親李義雄，都隨著歲月的流轉，承接祖先的志業。

在建廠近一百年後，我和俊宏站在廠內那座著名寬五公尺、深十五公尺的「龜仔窯」前方，懷想著當年的火窯如何建成，如何燒

窯內暗黑，人影晃動，彷若走在時光長廊一角。

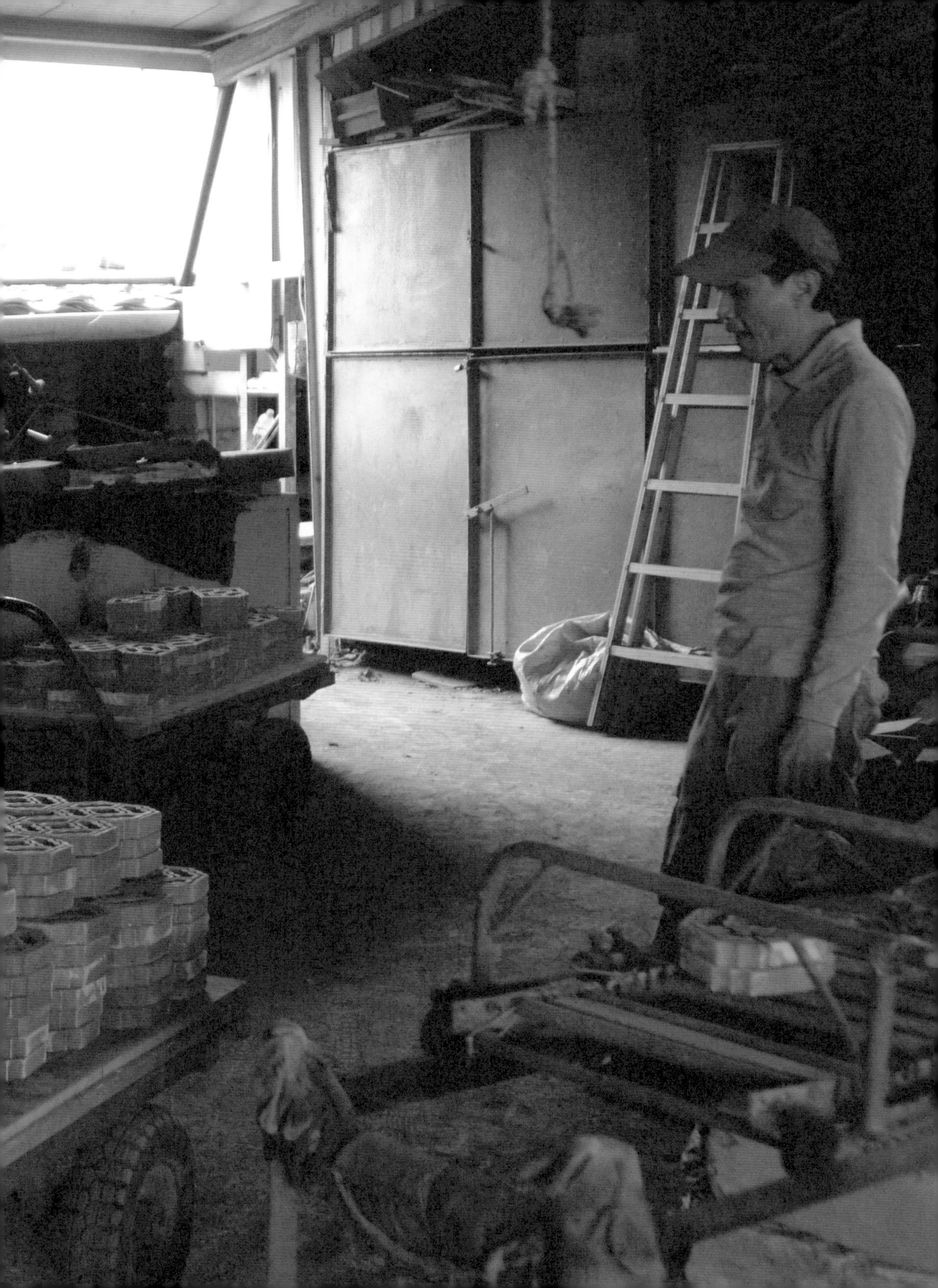

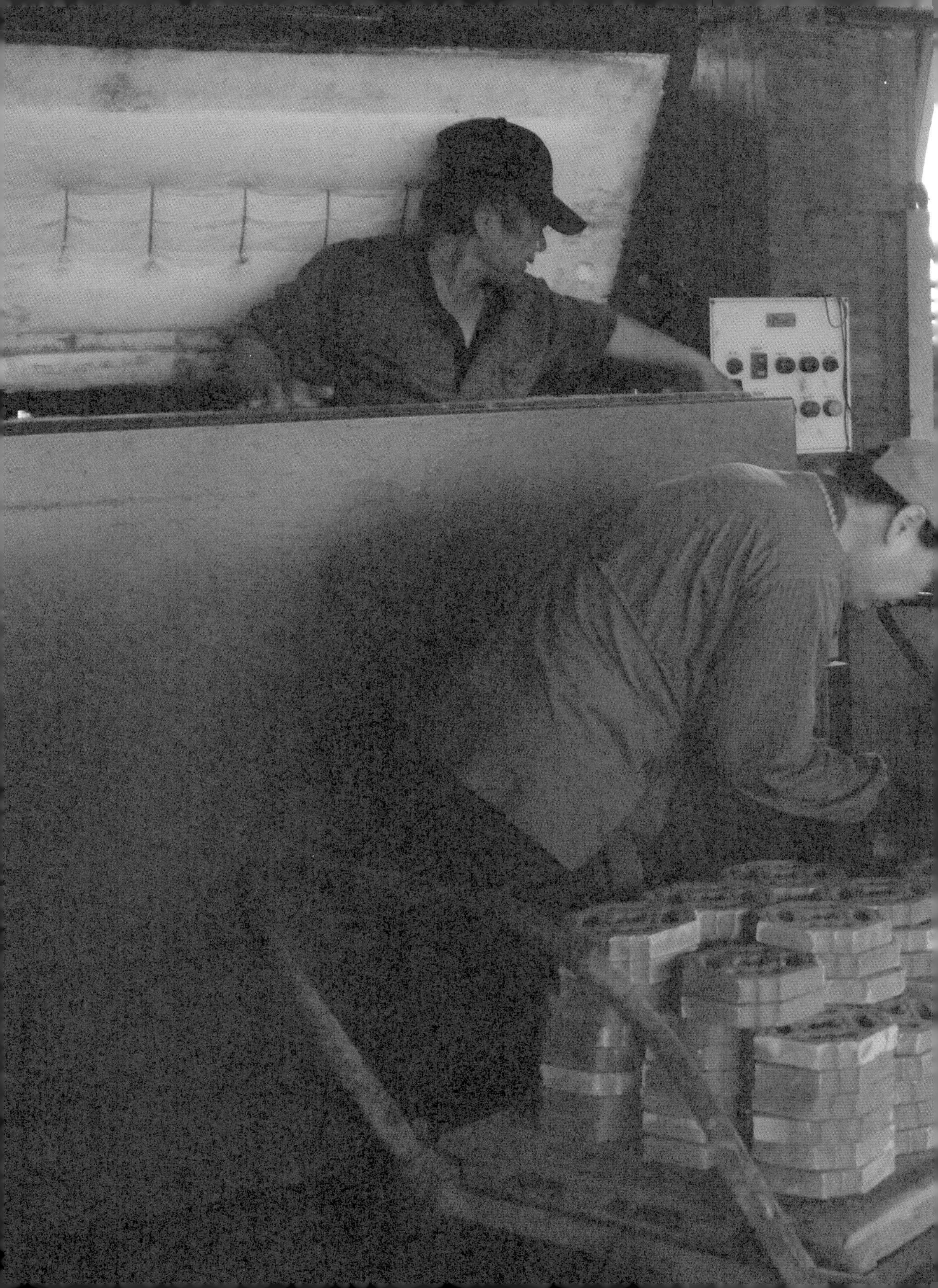

三和瓦窯熬過艱辛時光，以美麗風姿走到現代。

製出第一批滾燙隨後又冷卻後的磚瓦。如今火窯正打開來，烈火雖然停熄，但高煙仍從燒製的瓦片中，緩緩冒出。微弱光線映照在俊宏黝黑的臉上，彷若正在敘述他的家族與窯廠的興衰過往。

俊宏說，阿公和父親因病很早就過世，後來由他的伯公李玉柱，在一九七〇年代接手重新經營瓦窯廠，才改名為現在的「三和瓦窯」，窯廠在伯公撒手人寰後，他成為第四代的經營者。這一擔子扛下來並不輕鬆，終究如今大家蓋房子都用水泥，很少有人使用紅磚瓦片，反而傳統古蹟建物的改善，較會用到這方面的傳統建材。三和如今就全心投入這部份的改建上，更鑽研如何讓磚瓦與現代建材的融合。

我是認識俊宏三十多年後，才知道俊宏原來接手的是這麼具有歷史淵源的志業。腦海裡閃現的，竟是小學時候不多話的俊宏。一萬多個日子從我們兩人的眼前快速穿流而過，如今兩人早已告別童年，走向未知的中年。兩人閒坐在窯廠的工作室內，笑談當年小學老師如何用藤條鞭打我們，打到藤條斷掉的痛事及趣事。

那轟隆隆火車行駛過的聲響，不時來到屋內插嘴。

只有在窯廠外穿流不息的母親河，還有幽幽漫漫的時光，在一旁靜靜聆聽我們的談話。

◇

三十多年來，歲月如此從我和俊宏的指間穿透而過，時間讓我們的髮鬢星白，或者漸漸脫落，如同花瓣掉落春泥，再也沒有醒來過。磚瓦的燒製過程百年如一日，同樣以一百年前的方式，讓磚瓦在烈火中轟然誕生。時間沒有辦法襲擊磚瓦，一代又一代的人，歲歲年年以相同的方式燒煉，磚瓦只會愈來愈結實。

站在龜仔窯前方的俊宏，向我訴說磚瓦的燒製過程。他說，這真的如同仔細呵護一個嬰兒的出生，得小心翼翼，不能出任何差池。那來自各地的黏土，得經過母親河溪水的徹底洗禮，讓黏土吸收適當的水份，變得軟硬度匀稱。接著再以擠壓器、壓模器，捏塑成磚瓦的各種造型。最後還得讓微風及日照一同吹拂，才能把坏體送進火窯裡，接受烈火上千度奮力的烤打。

磚瓦的燒製，此時進入最重要的過程「燒窯」。俊宏說，這樣的過程如同母親進入產房，準備生產了。誕生磚瓦的產房，被俊宏稱為「龜仔窯」。所以會有這樣的名稱，正因為窯體形同一隻趴伏在地上的烏龜，雖然外表奇貌不揚，「龜仔窯」卻是窯廠內最重要的燒窯設備。一塊磚瓦從此得歷經千錘百鍊，成就其穩重厚實的一生。

俊宏指著後方還冒著煙氣的「龜仔窯」說，坏體開始入窯後，展開艱辛的長期抗戰。土窯先以小火烘燒三至四周，讓坏體的水份完全蒸乾。接著高達攝式一千度的高溫火紅伺候，窯燒長達四十五天。此時火窯一定得有人專門看顧，最後以炭磚、泥漿封窯。

員工在不透光的窯廠作業。

高溫悶燒告一段落後，再來得經過一個月的降溫。坏體經高溫、冷卻等如同三溫暖的歷程後，終於有了美麗的蛻變。磚瓦會從原先的土灰色，轉變到我們經常看到的朱紅色，算是通過長達五

個月的辛苦窯燒，從一塊不起眼軟趴趴的黏土，成功「變臉」為四平八穩的磚瓦，再也不受任何人欺伍。

那些剛出生閃亮朱紅色色澤的磚瓦，如今一批批擺放在地上，就如同一群三和瓦窯精心栽培的小孩。他們分別是紅瓦、清水磚、火頭磚、土角磚、六角磚、燕尾磚、油面磚及壁磚。還有被用來裝飾的傳統花格窗，如柳條、金錢、龜型、梅花等各式磚瓦，都是同一家族的兄弟手足。

◇

走出三和瓦窯，那些厚重的磚瓦，勢必在我的心房裝飾起來，讓我心靈的屋簷更加堅實。

我揮揮手與三十多年前的國小同學告別，重新走上我穿走母親河畔的旅程。

陽光再度現身將我擁抱，溪河一樣在眼前湍流。

我得繼續前行。

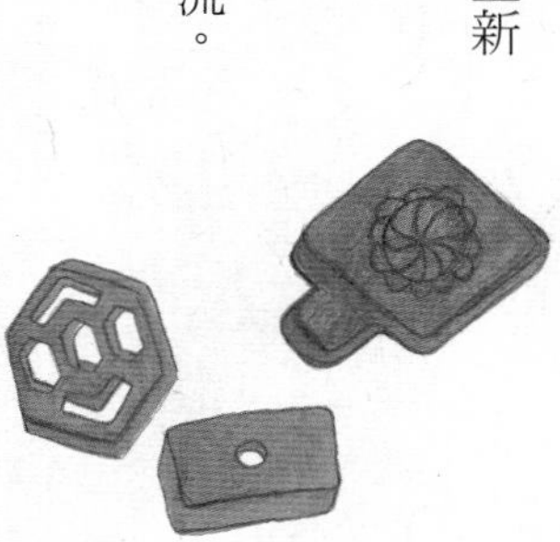

黏土要先風乾，等待時間伸手捏塑。

龜仔窯因形似烏龜而得名，是廠內最資深的土窯。

三十多年晃眼而過，如今我和俊宏都
已是撿拾時光碎片的中年人。

窯廠老屋，處處可見斑駁磚瓦，
員工在屋內作業，歲月在屋外悄悄走過。

大地孕育的天然晶圓

從山丘這裡眺望過去，超過上千公頃的鳳梨田，彷若一條長龍，纏繞在綿延無盡的坡地上……

我走離母親河，穿走過眼前人車喧囂的大馬路。

道路豈止是命運的虎口而已，它更企圖阻擋母親河想要簇擁大地的身姿。

我忖想，昔日母親河的水路，是否就沿著我這樣的路線前行，灌溉周圍每一塊飢渴的水田。如今在黃昏夕照裡，以往揮起金黃水臂的水稻田，卻不知躲藏在水泥建築物後方的哪一處陰影，暗暗啜泣。

只不過，無論現代水泥如何盤占大地，還是有些人懷抱著圓夢的一顆心，耕耘著大地，不管前方有沒有陰影，不管陽光是否能將溫暖，拋灑到每一片土地。他們依然在大地上耕耘著他們的夢，種下他們對這塊大地與母親河的愛意。會有那麼一天，會有更多人看到這些人的心血，會在大地上開花結果。

我低頭和母親河訴說著這群人的故事。

母親河還是默默無語，任其她豐沛的水脈，一絲一縷地滲透過千里萬里的大地，讓周邊無論多麼遙遠的田園，都有機會吸吮她的水奶，讓大地冒長出一株株肥碩的生命，原來這些都是母親賜予大地兒女的禮物。

◇

我沿著小路，走進一排排樓房的後方。

我張望四方，原來這裡隱藏了一片片起起伏伏的山坡地，從眼前擴張開來，一直綿延到天際。大地上清一色都是一叢叢低矮的鳳梨綠中帶紅的葉片，在風中堅毅地搖曳著屬於她的美麗風姿。聽聞近百年前此處

就是如此風景。從日治時期，日本政府引進這適合熱帶地區山坡地種植的水果，在此處落腳生根。

從此以後，這裡的山坡地站滿了這群戴著綠色皇冠的小傢伙，每到初春時分，吟唱起他們的生命歡歌。

那天到這附近友人巴哥（巴錦楙）的農場坐坐，他們先是切起一片片鳳梨款待我，接著又拿出他們農場自己加工的鳳梨乾。這批友人以往從事的是高科技產業，生產一片片蘊藏人工智慧的晶圓。如今他們拋下高科技，擁抱大自然，在山坡上種下他們對家鄉的夢與希望，並且不施撒肥料，只用愛心灌注及施肥。

友人遞給我那片鳳梨乾時，還我問這長得像什麼。他嘆著氣說，種鳳梨幾年了，都沒什麼好收獲，好不容易花了力氣銀子，研製出加工品，看要用何種方式行銷。

我看著那幾近圓型的鳳梨乾，忽然想起巴哥他們以往從事的科技產業。

「這不就是大地生產的自然晶圓嗎？」，我興奮地說著。

是的，友人手中的這片鳳梨乾，便是母親河的水奶，所澆灌的自然物種，是田園裡吐露出最芬芳的訊息，是大地孕懷的最原始晶圓，擁有滑膩果肉及豐沛水份，與人工溫室裡生產的科技晶圓相比，別有洞天。

我想起巴哥他們那天站在龜墓山上的場景。

他們遠眺周邊正在迅速長大的鳳梨田，他傾聽小小鳳梨花在大地懷抱裡，啜飲母親河水奶的微小聲響。

巴哥知道他們正在茁壯，太陽同時灌注了他們無邊無盡的生命力。

◇

此刻，只有我一個人，站在這群大地綠色小尖

鳳梨乾片猶如一枚天然晶圓。

兵的中央。

一個人被綠色小兵們團團圍住，寸步無法離開。我只能對她們細細觀看。如果說鳳梨外表尖銳如刺蝟，這不是誇張的說法。或許這和部份動物一樣，有著嚇人的外表，只不過為了保護柔軟的內心。這世界究竟過於萬分險惡，如果沒有些許保護措施，侵門踏戶的事隨時會發生。

細細觀察這個天然晶圓，茂密的綠紅葉片，緊緊把果實包覆懷中。這些葉片彷若是最堅守崗位的衛哨，將皇后的美麗，嚴謹地守護起來，任何人都不能越壘池一步。鳳梨果實更是奇貌不揚，充滿昂揚的武裝護衛，那紮紮實實刺人的突出顆粒，佈滿了整個鳳梨外表。這些嚇人的突刺，只不過想嚴重警告他人，千萬不能過於親近，否則如有不測，概不負責。

等鳳梨脫下外面那層赤蝟之衣後，其內在果肉滑溜甜嫩，現出真面目。把果肉嚼咬在嘴裡，還帶有一絲絲的微酸，口感如同萬花筒世界般繽紛多彩，在一瞬間，在你嘴中爆裂出大自然最美妙的滋味。

巴哥的有機鳳梨園區。

整顆鳳梨呈現一層又一層，裡外不一的面貌，都只是為了遮掩它最美麗的核心。你先得忍受滿手被外表刺粒紮傷的苦楚，才有機會面見，她那躲藏在刺人外殼下的華美之心。

很難相信，早在數十年前，這塊土地所生產的甜美果肉，透過當年政府的行銷宣傳，進軍世界市場。很多外國朋友在數十年前，品嘗過此處生產的鳳梨罐頭。當年在母親河畔，誕生一家家鳳梨工廠，為了外銷而人人努力打拼。工廠將自家種植的鳳梨生產包裝，鳳梨家族從此遠赴重洋，各奔東西。

外國朋友非常酷愛這漂洋過海的異國美味。這不是造化弄人，而是造化愉人。原來遠在千萬里之外，那麼一小顆不起眼水果所製作的水果切片，打動不同種族人們的心。當年辛苦在鳳梨罐頭工廠加工的夥伴們，如果想到這個由他們帶動而廣布在各界各地的千里情緣，相必內心同樣會酣暢微笑吧！

原來每個空間所生產的物種，都可自由流動。別以為植根在大地的東西，就保證不會挪移了。只要有心，任何的挪動，就會千里萬里地往外狂奔流浪，彷若是一場美麗的漂浪記遊。

◇

遠方的天空，夕陽開始緩緩落下。

我依然凝望眼前的鳳梨田，這個被稱為天然晶圓的水果，漸漸被濤濤歲月育養而成，一天天累積其天地精華不斷壯大。上次來時她只是開花階段，如今她即將臨盆。人們懷胎十月，鳳梨的胎果可育結得更久了，要熬個一年半載，她們的身孕終能無聲無息地誕生。

夕陽這時在一旁陪著她們生產。人們在鳳梨田裡所裝置的自動噴水器，灑出的水滴不斷傾洩而出，水珠彷若在風中漫漫起舞。然後，無數的小水滴潑灑綠色小兵的臉上，在夕照的映照下，她們的臉上開始緋紅起來。

如果此刻，你用手指輕輕敲擊果實外殼，你可聆聽到綠色小兵胎兒的胎動，並試探胎兒壯碩與否。如敲出的聲音，發出粗糙的碰撞聲，那表示果實多汁香甜，這可是個優質健康的綠色小尖兵寶寶。如果發出如同手指打到柱仔的聲音，寶寶的體質尚可，無庸擔心。如果彈出的聲音過於結實，那表示這個小寶寶的身體，日後要多加照護了。

無論如何，這大地上的鳳梨田，不必再像須要絞盡腦汁的人工晶圓，一定得在無塵室裡，等待人們的填裝作業，才能成功運轉。這天然晶圓在最自然的溫室裡，便能自由自在成長，以天空為屋脊，以大地為暖床，繁衍一代又一代的子孫。

我們只須在距離母親河不遠的山丘田野裡，用愛意澆灌，一片又一片代表大地之心的鳳梨小兵，便在每個春天來臨之際，迎著落日，迎著暖暖的午后微風，在大地上戴起生機盎然的綠色冠冕，稱王稱帝起來。

◇

我收拾行囊後沒有停留的時間，只得繼續邁開步伐。

夕陽把我的身影拉得很長……

我的後方是一整個大隊的綠色小王子們，他們在月光下吟唱起專屬自己的生命進行曲……

巴哥左擁右抱的可不是美女，而是他的狗兄弟們，右邊抱著小黑，左邊是小糖。

巴哥和他的兄弟們

巴錦楙五年前從科技廠主管，蛻變為充滿生命力的農夫，友人都稱他「巴哥」，他堅持以有機方式種植鳳梨，開創綠冠有機農場。巴哥常說他的兄弟有兩種，一種是和他巡守田園的狗兄弟，一個是一同在鳳梨田裡，流血流汗共同打拼的好兄弟……

我穿走在如波浪般起伏的山坡地，最常看到的人就是巴哥。

他戴著一頂繡著某電子廠球隊的帽子，讓別人想起他以往的工作單位。他全身上下卻穿著老舊，穿破了幾個洞的衣服、鞋子，與科技新貴的身份不搭。

他一臉正經地說，「我哪裡是流浪漢，我是種鳳梨的巴哥先生……」

◇

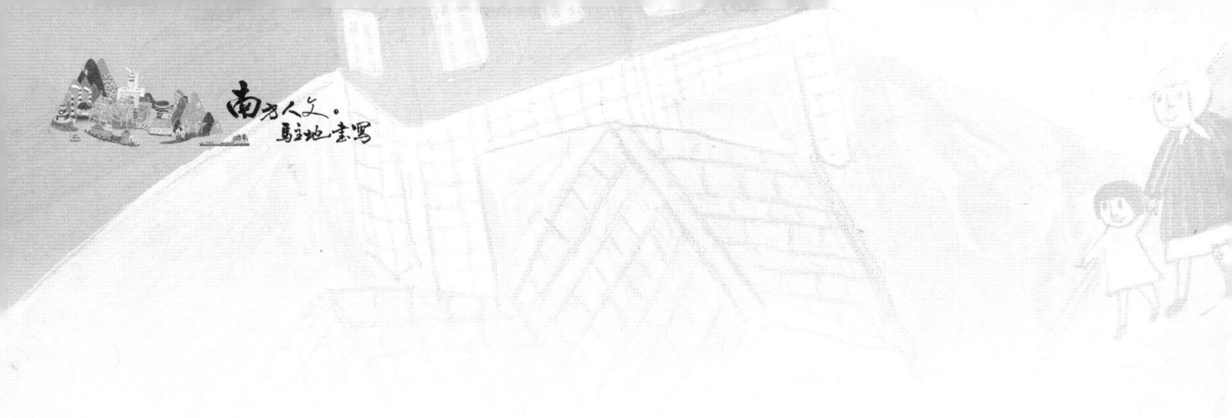

巴哥最早的精采生命故事，不是發生在鳳梨田上，而是出現在他在那座服務了二十多年的電子廠裡。

那年，不少夥伴相繼離開原先的工作崗位，巴哥也開始覺得同一個工作做了那麼多年，身心倦乏得無法形容，如果再做下去……他一定會……他一定會……

巴哥終於按耐不住，提出辭呈，老闆百般慰留。

「如果你走了，我們的廠該怎麼辦？」老闆的聲音，微弱得像一隻小蚊子在巴哥的耳畔，嗡嗡飛響。

「如果我還留在這裡，那我該怎麼辦？」

巴哥的聲音像是在山谷裡呼喊的泰山。

他說完後，頭也不回地離開那座失去他的電子廠。

巴哥無法想像老闆氣得如何眼冒金星，嘴眼歪斜。

他只想著，今後得好好照自己想過活的方式，自由自在地活下去。

◇

如今巴哥可快活得很，帶著他的狗兄弟們「小糖」、「小黑」，白天巡守農場的鳳梨田，晚上就和牠們睡在一起。說起好端端地為何要和兩條狗，一起睡在同一床上？人狗同床，是不是有點怪奇……，還是感情真的太好了……

「哎！不是我要和牠們睡，是牠們爬上床來和我一起睡的啦……」，巴哥看似一臉無奈地說。他還掀開衣服，示意上衣的哪些破洞，是小糖小黑咬破。只是，他臉上一點生氣的模樣也沒有。

一旁的大仁哥（薛為仁）急忙替巴哥解釋說，「巴哥只有留在鳳梨田的老家，才和狗兒兄弟們擠在同一張床上，他的老婆小孩等家人住在新家。我們都見怪不怪了。他這樣算是和狗兒兄弟們情感很好吧！」

巴哥聽了心裡清楚，無論是狗兄弟，還是人兄弟，都是和他們心意相通的好夥伴。

小糖小黑經常替他巡守鳳梨田，如同廟宇陣頭的七爺八爺，老是搶在巴哥的前方，幫他開路，掃盡前方障礙。小黑有時還狂追著偷吃鳳梨的老鼠，彷若幫主人教訓這些田中小鼠。牠繞著一坡地的農田滿場跑，狗抓老鼠可說盡心盡力了。

除了巡守農園的功能之外，小糖和小黑的吠叫聲，總是最早叫醒寬闊的天空，還有睡眼惺忪的鳳梨田，一同面對每天酷烈陽光的嚴厲考驗。

◇

話說多年前在巴哥說出「如果我還留在這裡，那我該怎麼辦？」的名言之前，他壓根也沒有動腦筋要做什麼農夫，主要是多年夥伴薛為仁、方大全，比他更早離開電子廠，想將科技新貴的名號拋諸腦後，兩人想做個現代農夫，自己在田裡耕種了起來。

沒想到薛方兩人種了沒兩個月的蔬菜，竟然全都枯萎而亡，欲哭無淚的他們，決定在淚水還沒流乾之前，找到以往的上司巴哥傾訴一番。巴哥那時也被工作疲乏激盪起的大浪打個正著，想好好換個跑道，為自己的人生再度衝刺一番。

他想起老家坡地上那昂然天地之間的綠色小尖兵……如果帶著兩名以往的好夥伴，回老家種鳳梨試看看，或許可以殺出事業與生命的的新血路。

從此三個人便在巴哥老家的田地上，種起有機鳳梨。巴哥說，三個人還真像電影裡的「三個傻瓜」，原先都不甚了解農園的繁瑣事務，只有傻瓜般的夢想及執著。他們開始以這股精神，在山坡上種下自己的夢想。

三人有多年的工作經驗，很快每個人都有了自己的任務及分工，很少開口說話的方大全，卻擅長農田音管理工作，他負責鳳梨田的栽培管理，那些鳳梨田上囂張不已的病蟲害、萎凋病、介殼蟲，還有那些奔竄來去的田鼠，都由他想辦法堅苦卓絕地應戰。

外號「大仁哥」的薛為仁，外表高大英挺擅長交際，與電視那個風靡一時的「大仁哥」外形相似，因而有了這個封號。大仁哥被分派的工作，為農場對外的行銷企畫推廣，凡是農場公共形象的形塑，都由他一手包辦。於是，在農場四邊，你經常是可以看見「大仁哥」，手拿著智慧型手機，在農場走來走去，看似相當繁忙的模樣。

至於帶頭的「巴哥」負責什麼業務？薛仁為開玩笑地說，巴哥主要在負責「賠錢」啦。巴哥長期擔任科技廠的廠長，非常了解創業難處得先一肩擔下來。

當然大仁哥愛說笑。巴哥是三個人的精神領袖，是夥伴們以及所有小旺來的「老大」。他的名言，早已成為農場裡的招牌名句：

「你要種鳳梨之前，就要把自己想像成一顆鳳梨，哪你就懂得怎麼栽種她了……」

◇

巴哥與兄弟們，每天一早便在巴哥老家的龍眼樹下，開起圓桌會議。田園裡的鳳梨被囂張的田鼠啃吃，還有那些春風吹又生的病蟲害，以及鳳梨產量過多過少的問題，都得攤在圓桌上大家討論。

三人感嘆這年頭農耕工作吃力不討好。有時天公不賞臉，氣候變得詭異多端，天威難測，市場人們的心也流動如水，難以捉摸。巴哥開玩笑說，是不是得學電影「三個傻瓜」裡，偶而拍個裸照，闖出名堂，才能讓鳳梨好賣一些。

話雖這麼說，但鳳梨還得繼續種下去。巴哥和他的兩組兄弟們，在

巴哥和他最好的狗兄弟小黑。

離開老家的龍眼樹之後，大家都得在南方耀眼陽光下，來到如浪濤起伏的坡地上奔走來去，與老天、大地爭口飯吃。

兄弟們，得趕緊讓綠色小尖兵，快快長大，開出紮實的果肉。

巴哥心底向老天呢喃著小小請求。

◇

小糖小黑在前方帶路，偶而叫個幾聲，宣揚主人已來此巡守田園，四方田鼠得趕緊迴避。

巴哥和大仁哥在後方跟著，人狗兄弟們，多年來都組成如此實力堅

巴哥和他的狗兄弟巡守旺來田。

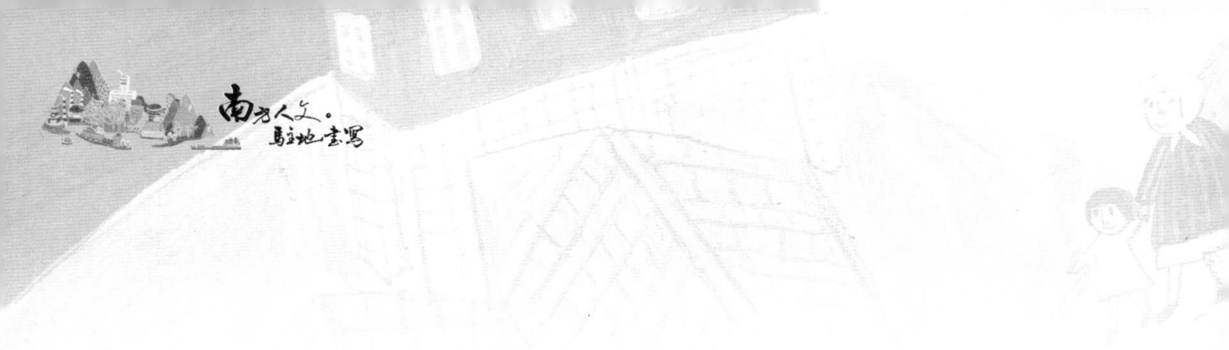

強的團隊，沿著小山丘走了上去。這樣一邊巡守鳳梨田，一邊要看看山丘平頂上的水塔，是否順暢運作。

種鳳梨這檔事，仍得看「水」吃飯。沒有一天少得了母親河的水乳澆灌。只是這裡離河畔更遠了，母親河早隱入地面，成了地底下的伏流水。這彷彿遠方的母親，仍有一雙隱形雙手撫慰子女的心，母親河的水蘊藏在地底下，等待有心人汲取。

巴哥站在山丘平台最上方，呼喊山下的工頭，看水塔從地底抽得水，是否澆灌到田園裡每個角落，工頭也仰頭大聲回應，兩人一搭一唱，彷若山裡另一種形式的山歌，屬於工作歌的一種。此時剛竄出頭的成千上百株小鳳梨，同時開口唱和，小山丘充滿愉悅的田園歡歌。

太陽開始降低高度，最後成了坡地上，觸手可及的一抹美麗霞紅。

巴哥與他的兄弟們緩緩地走上回家的路，他們一直知道自己的胸膛裡，是有顆為夢想灼熱的心。

他們的腳步放慢，哼著田園以及靈魂裡的頌歌……

巴哥和他狗兒兄弟，是旺來田裡的最佳巡守隊。

戴著綠色皇冠的小小旺來。

我們駐地寫作團隊與方大全（右一）以
及薛為仁（右三）聊了起來。

「這可能是我的名字剛好有個『仁』字，才會有人這樣稱呼我。不過，如果要叫我一聲大仁哥也無妨啦！只是我有空得去看看那齣像劇，才知道大仁哥是個怎麼樣子的人……」

他的話還沒有說完，就已有人打了好幾通手機進來，爭寵著要和他談農場的推廣業務及參展事宜。

還來不及和他說，偶像劇的「大仁哥」是個溫柔癡情得沒話說的好情人，而我們鳳梨田裡的大仁哥，忙著接電話，來不及聽我細說從頭。

他鍾情的不是人，他鍾情的是一大群鳳梨裡的綠色小尖兵。

◇

大仁哥的原名薛為仁，是綠冠農場裡的三個傻瓜兄弟之一。他們放棄了科技大廠的高薪水待遇，只想回到田園大地上，看看是否能對社會有所貢獻。

小山丘上的旺來田，靜靜等待成長。

「賺錢不重要，活得有意義才重要……」，很少看到大仁哥如此語重心長地說話。他通常扮演農場對外形象的塑造，算是個田園裡的「化妝師」，比田園裡的巴哥或是方大全都還要忙。之前要約訪他，他一下子在台灣某地參展，一下子又要飛到大陸投入推展活動，很少逮到他有空的時候。

「我不是在鳳梨田裡，就是到鳳梨田的路上……」，大仁哥套上賣咖啡的廣告台詞，也能來上那麼一段介紹自己的台詞。

不要看他經常拿著一支手機講個不停，就以為他懂得行銷，而對鳳梨一竅不通。只要讓他踏上鳳梨田，他搖身一變成了刀削鳳梨專家，看他身手俐落，先一刀俐落砍掉鳳梨頭，再來兩刀就削掉滿布尖粒的外皮，僅以簡單的三刀，就削完一顆鳳梨，大多數人看到這樣年輕農夫的俏模樣，都拍拍手熱烈鼓掌，還以為他從年輕務農到現在。大多數人都不相信大仁哥下田之前，只是一個所謂的科技新貴，不到幾年的時間，已被大地訓練成為一流的職業旺來農。

大仁哥介紹起鳳梨來更是有模有樣。他說，綠冠農場種植的標地物，以老欉的金鑽鳳梨為主，老欉鳳梨在首批鳳梨採收後十八個月，留下側芽繼續生長，到了第三十個月才能看到豐碩果實。這種老欉屬於第二胎，生長方向不像第一胎由下而上，反而是如幅射狀，往四面八方成長，採收時相當耗時耗工。

大仁哥會把一小微片的鳳梨切拿給你，讓你入口品嘗那老欉鳳梨的珍貴滋味，那味道彷若是累積天地之間三十多個月的豐沛精華，一口氣全都要吐露給你。隨後那多汁果肉在你嘴內瞬間融化，你開始感受到此處山丘，吹來一陣陣午后微風吹來的清涼……

他還會教你小小撇步，在夏天如果被太陽烤昏時，可千萬記住，綠冠農場出產的有機鳳梨不使用農藥，鳳梨外皮無毒無虞，可用來煮鳳梨水，再放入冰箱冰過後，成了夏季清涼無比的天然飲料。鳳梨水一喝下去，燙熱人心的陽光高熱，全都會被融化了。

大仁哥也不知何時成了鳳梨小老師，幫忙解答一般人對旺來的疑難雜症。

◇

在幫忙別人解答問題之前，農場的對外連繫，還得靠大仁哥一手處理。農場剛成立之初，已確定部份所生產的鳳梨，準備用來做加工。但加工的掌控權不在他們手上，大仁哥得找到對的廠商，讓加工品順利生產，並且替自家栽種的旺來加分。

原本以為這是很容易的事，沒想到這比處理田裡的事，還讓他們傷腦筋。大仁哥就記得有次，找到一家廠商，起初覺得他們還不錯，因而將數量頗大的鳳梨，運去請他們加工。沒想到出爐的加工食品品質，比他們原先預料的還達不到水準。

「那一堆如小山的鳳梨，就這麼損失掉了，還真心疼。無論如何，就算是一種投資吧！」

大仁哥說到傷心處，難免眼眶泛紅，但是終究這一關還是跳掠過去了。農場後來找到對的廠商，好不容易研製出口味極佳的鳳梨乾、鳳梨酵素，把大仁哥和兄弟們栽種的旺來滋味，發揮到極致。他們常笑者說，鳳梨乾保持了原有旺來的精神、精神以及肉體，還有那土地的味道，都可以品嘗得到。

如今大仁哥每碰到朋友，就拿出這一包包精緻的鳳梨乾，做為見面禮，他總是很驕傲的說，「這是我們家做的鳳梨乾啦，請賞光食用！」，大仁哥拿出的鳳梨乾，小小圓圓的形狀，真像他們那時做的人工晶圓。

「我們做的天然晶圓——鳳梨乾，卡好吃啦」，大仁哥笑起來時，總從有一份從土地傳來的懇切。

◇

全台各地繞著跑的大仁哥，以前總讓人有忙碌的印象。如今他沉穩多了，他的心裡，常擺放著一畝鳳梨田，帶著從田園裡學來的知識，譜成了他常掛在嘴邊的「鳳梨經」。

這套鳳梨經，不只成了大仁哥的口頭禪，他並且還帶到女兒的學校去演講。大仁哥和可愛的小學生們說，以往的農業型態使用農藥，對於消費者以及大地，都受到不少嶄傷。採取有機農業，就是完全不使用農藥，讓鳳梨在完全自然的狀況下成長，人們才有機會品嘗到鳳梨的真正滋味。他送了許多鳳梨乾給小朋友，大家都搶著要，大仁哥的女兒還說，我爸爸農場那邊還很多，同學們慢慢吃。

當大仁哥離開學校時，最難忘懷小朋友燦爛的笑靨，就好像他看見滿山的鳳梨田，在同一時開花結果的美麗景緻。

他想像有朝一日，這些小朋友長大後，心裡都和他一樣，種著一畝家鄉的鳳梨田，田地裡使用有機方式栽種，完全不灑農藥，人們與田地的生物共生共榮，並且榮耀自己腳踏的這塊大地，以及母親河賜予的水乳。

◇

鳳梨花開花的那天，滿山遍野燃起了一片烈焰，彷若大仁哥當初開闢夢想時的那般美麗。

旺來田裡的栽種博士

在坡地上的旺來田裡，你會看到一個男子載著大盤草帽，然後用各種包巾，把自己包得緊緊的，經常出入滿山遍野的田地中。

他就是這附近田園裡盛傳的栽種博士，專治旺來大小病症。

他的名姓叫方大全。

方大全與最近在歌壇流行的方大同，只差了一個字。笑問方大全是否知道有這麼一號人物？他撓撓了自己的後腦杓，靦腆地笑著說，歌壇上真的有這麼一個人嗎？他不曉得兩個人的名字那麼像，只差了一個字，但命運從此就天南地北各不相同了。

他很實際地說，他倒是知道在鳳梨田裡，只有方大全這麼一個人，可以應付介殼蟲以及田鼠們張狂的危害。

◇

方大全與薛為仁，多年前從高科技公司離開後，就一直想下田當農夫，做個真正的自己，只是一開始並不順利，最後得靠他們的老哥兒巴哥，幫兩人一把。踩進旺來田裡，三人只想做有意義的事。以往什麼高科技產業以及高薪，都已從腦海裡抹去。此後，他們的生命彷若重新開展。

在巴家老家那棵龍眼樹下，不止是農場夥伴們一早要開會的地點。三個人如果傍晚踏出了田地，也大多往這個舒服的地方跑。若大的樹蔭下有張大桌子，讓夥伴們泡茶、聊天、聊八卦，當然，包括他們心中最大的理想。

巴哥與大仁哥總在一旁熱絡談著，要如何讓農場茁壯長大。以往鳳梨農的習慣，在每次收成完後，就直接鏟除現有田園重新種植，可避開蟲害和鳳梨株營養不良的問題。

如今巴哥他們想要摒除這些習慣，重新建立多年生有機鳳梨的栽培技術。巴哥目前的做法，要保留二年生鳳梨植株，發展老欉的品種，長出的旺來雖然顆粒較小，但是甜度很高，他們也想計劃成立初級有機加

工站，在田地周邊就直接處理果皮廢料。

方大全是鳳梨田三個夥伴裡最少話的人，他總以行動做為他的語言。如果你問他，他有什麼栽種旺來的理想？

他一定腆靦地笑了笑，望向遠方的鳳梨田。

◇

要讓果實成熟，看似簡單的事，卻讓開始踏入旺來田裡的大全，歷盡千辛萬苦，吃盡苦頭。農場堅持有機農業的理想，不能使用農藥，那些蟲害鼠害就無邊無盡的猖獗，讓他很頭痛。

方大全以往在高科技公司，講求的是科學邏輯的方式歸納演譯，進而以這些統整的原則解決問題。因此，當他負責照顧旺來，他開始有了一本紀錄旺來的成長記錄薄，記錄旺來從小到大的林林總總，套句現代話語來說，就是旺來的育嬰須知。他們再從紀錄薄裡尋找解決問題的方法。

旺來田裡的事多如繁星，人類被擺放在大自然中，有時不知從何做起。

在第一場戰鬥裡，方大全第一個要面對，便是田地裡小如髮絲的蟲子，以及隱形在地底下的田鼠大軍。

◇

如果說介殼蟲是旺來身體裡的吸血鬼，可不為過。只有指甲般大小的介殼蟲，卻能鑽入旺來堅硬的外殼，專吃她甜美的果肉，讓鳳梨農看到都捶心擊肝，那種痛不知從何說起。

方大全。

方大全與夥伴們試過各種天然方式的除蟲劑，包括以草蛉，大蒜萃取液、苦楝油與辣椒粉混合的液體，大量噴灑，但由於介殼蟲上有一層天然臘，彷彿是蟲子們的金鋼護體。那些自製的天然除蟲液噴灑後，卻遇臘質滑溜而過，根本無法欺敵近身，蟲子們還

攢在旺來體內。

大全原本也不想對小蟲們追殺殆盡，只想減少它們的危害，沒想到小蟲們日益壯大。

有一年，蟲害釀出慘重災情，旺來田遍體鱗傷，讓大全及夥伴們淚灑田園。不過，皇天不負苦心人，經過多次嘗試後，終於試出一帖妙方，至少能讓蟲害不致擴大。

農場改用天然肥皂水加上釀造醋，每天以強力水柱幫鳳梨洗澎澎，這一招果然湊效，蟲子大軍終於知難而退。

原來，蟲子也懂得轉彎，如今看見不喜歡的東西，牠們只有悻悻然離去。

◇

在旺來田裡縱橫來去的不只是小蟲子們，匿藏於地底下急行軍的鼠

輩，更讓方大全頭痛萬分。

如果說小蟲子列為第一級災害，田鼠的威力更不容小覷。牠們從地底下進襲，偷偷將旺來田的果實化為一片荒蕪，其繁殖力殺傷力，讓方大全望鼠興嘆。

以往旺來農施放鞭炮，希望嚇走牠們。在田裡巡邏的狗兒們，也是保護田園的守衛之一。但是這些步數，都被鼠輩識詖技倆，照樣我行我素，吞下人們與大地的心血結晶。在黑暗裡，他們明亮的雙眸，宣示以填飽肚子為己任。

想放鼠輩一馬，與他們共生在大自然裡。這種想法其實在應對介殼蟲上，就已露出意念，大全與夥伴們不想除蟲務盡，只想控制在損傷範圍之內，大家都有一片存活的天地。夥伴巴哥想出餵飽田鼠的做法，只要讓他們飽食，就應該不會跑來偷吃旺來吧！

巴哥還建議用豆餅餵食田鼠，發現他們吃飽後，果真就不會到處覓食。農場有了更大膽的做法，乾脆把田鼠趕去成長狀況較差的旺來田

裡，讓田鼠們有了自己存活的地方，卻也不危及到正常旺來的成長。以往整片旺來田被吞吃而光的情形，從此成為絕響。

「和田鼠和平相處，他們吃他們的，我們種我們的，何樂而不為？」

方大全記得巴哥有次抓到田鼠，卻不忍殺生的眼光，讓他做夢都難忘。他還得陪著巴哥把田鼠，抓到較遠的地方放生。後來就有了豆餅以及放田鼠吃健康不佳鳳梨的做法。他覺得本來有機種植，就要與田地裡所有的好朋友和平相處，不一定要除掉誰，自己的農作物才能長得又高又壯。

方大全心想，這不就是大地教會人們的事嗎？

◇

南台灣一年到頭酷毒的烈日，總懸掛在天際的那頭，烤曬著像巴哥、方大全等這類辛苦的農夫。

方大全總在最累最辛苦的時候，心裡浮現鳳梨田結果的那個畫面，所有的葉子都變成粉紅色，田裡燒成一片火紅的璀璨，這時之前流血流汗的付出，就什麼都值得了……

他黝黑的臉孔，此刻綻放難得的笑容。

旺來田裡如尖銳彎刀的綠色葉片，緊緊守護著小旺來。

綠色葉片緊緊守護著小旺來。

和方大全（左）談旺來，他害羞得
像是談論他的初戀女友。

小丘上的旺來田，與藍天白雲相互凝望。

漫步在龍的雙眼處

那天朋友帶我們走向這條小路。
路並不綿長，兩邊有著純樸農村的景緻。
人們稱這條小路為龍目路。
傳說中那巨獸炯炯發光的雙眼，就在這裡靜靜地窺視著歲月滄桑的變化。

我像是回到了小時候，想起在小路上奔跑的情景，小村的黃昏與炊煙在身後急急追趕。這時村裡總美得像幅毫無暇疵的油畫，畫中還夾帶著一股菜香，撲鼻而來。小農村總滿溢著無法言喻的溫暖，細細撫慰人們的胸懷。

我轉頭問友人，這條路叫什麼路？

「這裡是龍目里的龍目路……」熟門熟路的友人，這樣回答我。

我們漫步在龍的雙眼處……

只是龍目里，龍目路……

◇

這讓我想起了一百六十多年前發生在鳳山地區的老故事，這情節還真與「龍」有關係。那時曹謹擔任鳳山縣知縣，為了開鑿曹公圳，讓無法計數的大小水圳，引導母親河的水，逐一澆灌廣闊的農田。當時民風保守，開鑿水圳的事宜，一開始並不順利，還遭到民眾的反彈。不少傳說由此而來。

相傳曹謹在開闢水圳時，遇到了阻礙。他細察發現，明明是已開挖好的土溝，為何隔一天就被沙土覆蓋，讓工程無法進行。他懷疑有人從中破壞，他利用深夜時分，躲在施工現場旁觀察，這一看不得了，發現兩條巨大的土龍，將工地週邊挖好的土吞吃進腹內，反覆咀嚼後再吐了出來，讓挖好的土溝又恢復原狀。

曹謹知道，如不除掉土龍立下威望，水圳的開鑿工程恐怕再也無法進行。經過高人指點後，曹謹知道土龍的弱點在咽喉處。於是派出高手在深夜埋伏，以銅針沾染狗血，完成驚險刺龍任務。碩大的土龍被銅針刺中後，剎時間土飛煙滅，捲起一大片驚人的土煙。屠龍之後，曹公圳從此順利地完成。

駐地團隊走過龍目里，在道路旁的反光鏡裡留下身影。

剛聽到這個故事，覺得古代的文人真是厲害，想出了這麼一個驚險又好聽的故事，不但幫曹公圳做了最好的行銷，更提升曹公的歷史地位。「屠龍記」的說法，雖有些怪力亂神，但曹公圳卻讓母親河的水，透過大大小小的水脈，潺流到了大高雄每個角落。

鄉野傳奇被歲月淹沒後，只剩下歷史殘留的遺跡。

◇

友人在前方走著，我們隨著他後方而行。

這條小路上所謂的「龍目」，指的是此處地形，彷彿一條龍蜿蜒的形狀，綿延突起的小山丘如同龍身，村裡兩口井的位置，就形同龍的雙眼。

龍目井與曹公的「屠龍記」是台灣鄉野傳奇裡的兩種典型代表。傳說裡的土龍，是惡名彰昭的惡霸，但這裡的「龍目」，卻是好水源的代名詞。相傳這附近的民眾一開始移民至此，就靠著龍目裡的乾淨水源，澆灌養活了整個村庄。

走到龍目井時，當年清澈模樣依然可以想像，只是戶外的水潭維持不易，潭邊滿佈歲月積累的青苔。只是當年龍目雙井的名號可大得很，村民世世代代飲用此處甘美水源，其水質極佳遠近馳

龍目井戶外水潭。

名，因而有俗諺「若喝大樹水，無肥也會水（美）」的流傳。目前另一口小井，在龍安宮內，為了防止污染，還有鐵框覆蓋著。

甘美的地下泉水，一般來說與母親河的水有著密切關係，母親河成為周邊地區隱形的伏流水，與附近的地下水源都有著相連水脈。龍目里的好水，成了獨一無二的地方特色。

周邊綿延無盡的鳳梨田、知名豆腐公司以及造紙廠，都因為好水而滋養萬物。這幾年此處也有人成功種植咖啡樹。好水讓許多人有了新生命及新事業的誕生。一家知名度極高的民宿餐廳，也落腳此處，它擁有很歐風的建物，出現在草坪的盡頭處。

水與土地總是萬物的源頭所在。龍目井的好水傳說，如今仍盪漾在每個人心中。

◇

古時候的龍是可怖的巨獸，但眼前的這條龍，卻被上天硬生生留在山坡上。傳說它是神龍飛走後留下的魅影，影子最末化身成了這裡綿延不盡的山丘、坡地以及那兩口著名的龍目井。聽說，飛龍有天會飛回來，要回祂的龍頭、祂的身體以及雙眼。

我們先是走上山丘平台，地方的人說這是龍頭，接著走下綿延的坡地，如同在龍身裡穿梭來去。我們並不覺得害怕，鄉野傳奇隨著歲月的老去而逐漸凋亡，彷彿世上再也沒有令人驚喜的故事，

龍目里廟前的客家料理，讓人抗拒它的美味。

一路走來，走累了在龍安宮前方停了下來。廟內的神明是否安在，還是已出外巡遊，或者在廟內無聊打個盹，或是祂如傳說中所言，早已跨騎神龍，遨遊天界去也，沒有人有個定論，對於虛無飄渺的神仙事，人們只能用想像來揣測。

我們來龍目路逛走一遭，勢必要來廟前和神明打個照面，不管祂在不在忙不忙，相信祂都必能保佑來此一遊的朋友們。我們雙手合拾，向眼前的神明膜拜了一番。

走逛廟宇後，傳說歸傳說，現實是再也逃不過的飢腸轆轆。神明在廟內供人膜拜，我們則以小村的美食熱情餵飽五臟廟。走進廟裡的人不多，但在麵攤等待的人，卻都帶著一顆渴切的心。

這裡的特色小吃帶有濃濃客家味道，滷米苔目、炒米苔目，還有香噴噴的炒大腸，都帶著你的味蕾，在美食的汪洋裡騰躍一次又一次，原本以為沒什麼新鮮的滋味了，但是酸辣的嗆味，又直撲味蕾而來。朋友在桌上的熱情，閒聊的八卦，更是一種獨一無二的佐料，溫暖我們的脾胃。

◇

漫步在龍的雙眼處，偶而撿拾到一兩則鄉野奇譚，更多的是溫熱的小鎮情懷。

龍目里的龍安宮及廣場。

駐地團隊走過雅植花園的香草溫室。

龍目里上的老理髮廳。

龍目里廟口前方的客家料理，女老板招呼客人們。

兩兄弟的香草基地

黃崇謙、黃崇博兄弟的雅植香草園，在到處都是鳳梨田的母親河畔，散發著獨特的芬芳，讓人心與靈魂走出繁囂的俗世……

穿走在一望無際的山坡地，總以為已脫開鳳梨田的簇擁，她們卻還是緊緊跟隨，彷若是個小跟班，永遠要和你常相左右。那綠色小尖兵，伴隨我的腳步，漫過一座又一座小山丘……

只是母親河隱身在地底下的水脈，豈止只灌注給鳳梨田。既是母親，那水源便無私心地廣布甘霖，只要有須要的地方，那水乳即湧盪而去，直到那作物在大地亭亭玉立，身子竄高了起來，母親河歡愉地笑了。

花香開始沿著在微風吹的方向撲鼻而來，開始誘引我的雙腳，讓我踩踏花香撒下的絲絲線索，步步前行。

我穿走過看似沒有邊界的鳳梨田，這田園終究還是被我漫走到了盡頭。

盡頭處竟是一座綠意盎然的香草園。

一整園的香草大軍，正佈署前所未有的不可能任務……

◇

這座獨立於鳳梨田之間的香草基地，屬於一對兄弟所有。他們嘗試在氣候高溫的南台灣，種下歐洲性寒的香草，經過多少挫敗後，香氣才開始如魔法般，散發開來……

五十八年次的弟弟黃崇博，早在十多年前，就讀屏東科技大學

雅植香草花園綠意盎然，彷若讓人走進全都是綠色的夢裡。

農園系時，就情不自禁愛上那散發迷人香氣的香草植物。他開始跟隨國內知名的香草大師傅炳山，學習如何栽種香料植物，以及如何進行繁複的加工程序，萃取最自然的香氣。那時還在當學生的黃崇博，就已下定決心，走入追尋那香草栽種的天路歷程。

弟弟黃崇博闢建香草基地。

阿博從學校畢業後，便在傅老師的鼓舞下，在一九九五年在大樹區開闢了香草園，當時四周還有一大片墳墓，先不說鬼語啾啾之事，至少證明了創業維艱。不過，園地是有了，但阿博的問題才剛開始。他種下的香草如薰衣草等種類，無法熬過南方酷熱陽光，讓他很是灰心。

天氣的事不是不能解決，既然南台灣無法栽種性喜耐寒的歐洲香草植物，阿博動了腦筋，開始引進不那麼怕熱的香草種類，他如神農嘗百草般試種了好幾種，終於讓阿博找到，可以在南台灣落腳生根的香草了。

阿博成功試種了十種常用的香草植物，如薰衣草、百里香、香茅、

阿勃勒等。他也試著再多找了幾塊地，擴大規模栽種，目前在大高雄地區，大約加起來有一公頃的土地，他開始了築建他的香草小王國之夢……

◇

阿博在香草園蓋了棟小屋子，開始讓人參觀。二〇〇〇年，他想說竟然有座香草觀賞屋做為基礎了，何不開餐廳，讓香草與美食融合，應該對推廣香草有更好的示範性效應！

這時候多才多藝的阿博，讀了歷史建築與保存文物研究所，對於香草餐廳有了自己一套想法，他想把餐廳蓋得古色古香，這時剛好有一些機緣產生，讓阿博手上有了一些獨特的建材。阿博說，那時有朋友要送他兩面大玻璃，做為餐廳開張後餐桌上的裝飾，但他覺得這大玻璃很有「古」味，他就把它們做為餐廳的兩面大型窗玻璃，強調其房子的穿透性。

哥哥黃崇謙。

阿博還選了更多老舊的材料，讓房子「古」得更有特色，彷若走入歲月長廊的歷史建築。他不但或買或撿，弄來了很多鐵軌枕木。他還找來許多沒人要的電線桿上的長木條。這兩種浸潤在時光長河裡的木料，成為餐廳的門窗或地板，再加上他特別和磚廠買來第一批試燒的磚瓦，瓦上都還有看似燒焦的老痕跡，這些林林總總的物件裝飾起來，讓阿博的香草餐廳，看起來一棟彷若經過歲月洗煉的老房子。

有了老房子，阿博又有了新問題。他要賣哪些特色餐點，才能吸引顧客來到這偏郊的田地？經過了一番長時間的研發，阿博終於調出可口的香草醬料，好搭配美味餐排，食物與香草之間，終於有了美麗的邂逅。餐廳的特色餐點，如香茅烤全雞、奧勒岡醬汁烤豬肋排、馬郁蘭啤酒燉牛肉、蘿勒松子燻雞義大麵，都散發濃郁的香氣，由香草調製的醬料，頓時間成為昇華食物美味的的新魔法。

五十三年次的哥哥黃崇謙，原本擔任報社編輯工作，後來因報社關門，崇謙在二〇〇〇年開始在香草餐廳，幫助弟弟總管餐廳的種種。崇謙說，餐廳屬於服務業，原本就要身段柔軟，引導來這裡的朋友，認識香草帶給兩兄弟的美好。他認為有時不要因為一點小利，而失去了更多

黃家兩兄弟守護這座香草花園。

花園裡的老房子，是黃崇博的點子，一點一滴興建而成。

花園一角，薰衣草和綠葉扶疏。

服務朋友的機緣。因此，崇謙的服務，總是帶給來到店的朋友，滿腔溫暖。

崇謙自認對香草是門外漢，但他有一顆熱誠服務的心。他以前在報社工作時，就非常喜歡攝影，他自從在餐廳進出後，看見不少客人拿著相機拍照，他經常主動幫客人選擇園中最好的角度，留下最美麗的身影。有時還幫拍客人拍照。他常開玩笑說，這是香草園裡最獨一無二的服務喔。

花園中的亭仔腳，最適合眾人泡茶聊天。

香草在阿博手中，愈來愈像一種隱形的魔法，透過香氣的傳播，讓更多人放下紅塵俗務，打開靈魂的閤蓋，嗅聞大自然的美好。這樣的魔法也開始進入一般人的日常生活裡，阿博自製香草醬料、香草茶包、橄欖油等，這些東西一經魔法點化，讓空氣中飄滿誘人香氣，直攢人們心坎深處。

◇

我坐在阿博及崇謙兩兄弟打造的香草基地，嘴裡啜飲芳香無比的香草茶，桌上還有一塊塊以香草釀製的可口餅乾。眼前是綠意盎然的園區，如同一座繽紛多彩的小小植物園，寫滿人們對香氣的深刻記憶，隨時可以將她們釋放，再度光臨人間。

我站了起來，走入園裡拜訪一叢又一叢的香草植物，與薰衣草、阿勃勒、百里香、香茅、迷迭香，熱情招呼，她們如此靜靜地待在園區一角，靜靜綻放上天賦予她們迷惑魂靈的體香，她們仍然不動生色，姿態高雅。

花香開始與午後的微風共舞了起來，我的雙腳最後也加入了這一場熱鬧的派對，我穿走過花香的懷抱，搜集她們拍向我的香氣密碼，眾人舞向園區的盡頭。

花園一景。

我走向園區的後方，又回到那沒有邊界的鳳梨田，原來這裡究竟仍是鳳梨田的天地，香草園區是沿途美麗的景緻。

當我回頭時，那座綠意盎然的香草園，仍在記憶的轉彎處，默默地放大它的身影。

那一整園的香草部隊，仍等待著人們將它釋放，那化解人心的淡淡香氣，依然隨風飄來……

雅植花園的獨家香草花茶禮盒。

一壺花茶，渡過幽長休閒時光。

我和美麗的攝影師舜文。

香草花園全景。

1300度打造永恆

什麼叫做永恆？

藝術家沈亨榮與他的工作團隊，在母親河畔成立了「1300 Only Porcelain」(1300度藝術中心)，他們花了多年心血，追求對藝術極致的境界。他說，瓷器在烈火燒製完成後，已接近恆定物質，千年萬年都不會毀壞，彷若走入永恆的天地。

他用了上千度的烈火，不斷冶煉出純粹藝術的結晶，打破以往傳統瓷器的造型，以一種極致的美，展現風華絕倫的丰采。

穿走遠方，繞走一圈後，我又回到最接近母親河的地方。

我心想，這裡皆是滿山遍野的鳳梨田，景緻不會有所不同才是。沒想到，只是轉了一個彎，彎進一條不大不小的路，柳暗花明後，浮現的卻是完全不一樣的風景。

路邊安安靜靜地矗立著一座若大的瓷藝創作中心，彷彿它的主人一般，不卑不亢，卻看得出其擇善固執的堅忍精神。

我有些不相信自己的雙眼，藝術中心的門打開後，我走進一座光芒四射的藝術殿堂。

雙眼所見終究較能說服自己，我開始相信藝術即是永恆，這種看似老梗卻始終是真理的論調……

◇

藝術家沈亨榮。

才五十五歲卻因苦思藝術創作而滿頭白髮的沈亨榮，坐在「1300 Only Porcelain」的大廳裡，不急不徐地陳訴著他一生追求瓷器極至藝術的生命。

他說，人生所面臨第一個最大轉變，就是在台灣讀完技術學院的電機系後，受到好同學車禍猝逝的衝擊，使得他第一次思考生命的終極意義。事實上，他從青少年期時就遍讀台灣文學大家鍾理和的創作，那時藝術人文的種籽早就深植心底。

畢業退伍後，台灣國內外環境遽變，他受到親友在美開餐廳的鼓舞，一九八〇年他隻身遠赴美國打拼了六年，此時傳來父親罹癌的消息，讓他震驚不已，他毅然決然結束餐飲事業，回台照顧父親長達半年，等父親病情穩定後，要決定在台灣找工作，卻發現不知從何找起，他再度面臨人生之路如何選擇的關卡。

工坊內一片忙碌。

沈亨榮早在林口服兵役時，就曾到鶯歌陶瓷老街走逛，滿街展出的陶瓷藝品，吸引他的目光，他開始收藏這些陶瓷品，更誘發了他體內的創作細胞。那時他正不知何去何從的時候，就在快要回到美國的兩個星期之前，他終於鐵下心腸來，報名參加陶藝課，這一學，使得他原本飄忽的心，終於有了最大的降落點。

他從此從一個唸電機系的理工學生，搖身一變成為藝術工作者。

他在一九八九年回到美國後，前後在紐約Parsons設計學院、市立紐大Hunter學院、州立Alfred陶瓷學院與康州Hartford藝術研究所，攻讀景觀產品設計及公共藝術等領域。

在美國攻讀研究所的八年期間，沈亨榮最初以金屬陶瓷為創作主要媒材，到最終以陶瓷磚的運用，成為他研究及創作的最主要方向。他回憶當年在美國時，跟過四五十名老師，很紮實地做了許多窯燒及瓷器創作的實作，成為他日後創作的最堅實基礎。

◇

我一邊聆聽沈老師述說他的生命故事，一面環顧「1300 Only Porcelain」大廳裡的一切。那些純白繪有金邊的瓷器，如此閃亮瓷藝創作的豐沛光采。連我坐著的古董桌椅，都深藏藝術的能量。只是這時候的我，還不知道中心後方，有一座大得驚人的窯廠，正燒煉著沈老師對瓷藝的最大夢想。

沈老師是一九九六年回到台灣後，先後在兩所學校任職，最後回到

出生的家鄉高雄旗津，成立自己的工作室「旗津窯」。他回想，當時為了學習陶藝，他的學生們一早就要搭第一班的渡輪匆忙來到旗津，人仰馬翻一整天後，還要再趕深夜十二點最後一班的渡輪，回到高雄市區。但是學生們根本都不以為苦，讓他這個做老師的深受感動。

沈老師希望透過陶瓷藝術創作，凝聚社區民眾的共同意識，重新找回人與人之間的關係，重新打造人們與大海、與天空、與心靈共通的藝術空間，這些想法，也都展現在沈老師為各地創建的公共裝置藝術，他希望藝術是結合人與周邊環境的最佳媒介。

◇

幾年過去了，「旗津窯」雖然是十分成功的地方藝術創作空間，但迴繞在沈亨榮腦海裡的疑惑始終無法解決，像是「我們這一代究竟要傳承什麼給下一代？」、「瓷器是否只有直立式的，是否可以採用不同角度製作？如何讓台灣的瓷藝創作進軍國際市場？」。這些問題終於促使沈老師在2005年決定創造獨一無二的瓷藝品牌，將工作室移到母親河畔，成立了「1300度」。

「1300度」其實象徵了兩種意義，一是要恢復中國在一千三百年以前瓷藝創作的輝煌時代，當時中國的瓷器成為歐洲黃金貴族最珍愛的搜藏品之一。二是1300度同時代表瓷器燒製成功的溫度。所以選擇白色為1300度瓷藝的統整顏色，主要在工作期間，他經常聽到同仁們常說，作品做到這裡就好了，因為可以依賴之後的上釉上色，掩蓋住瓷器上的黑線、突線、裂縫。他因而決定1300度的作品要完全使用純白色，其餘的只繪上黃金邊線，讓該中心的作品做到毫無瑕疵。

沈老師為了要打破瓷器直立式製作的傳統，並讓作品意涵更多層次多角度的美感，「1300度」挑戰了四、五年，淘汰了無法計數的失敗作品，他始終認為沒有創作出最完美的作品。沈老師說，瓷器的物理性，是所有藝術創作裡最高難度的挑戰。它在燒入某個溫度時，其物體會先膨脹6%，

沈亨榮的創作，清一色都是白色瓷器，強調毫無瑕疵。

接著隨後會緊縮15％，這使得燒出的作品常會出現裂痕、崩毀等狀況，尤其要製作跨橋式的瓷器，更是到了一定高溫，整個作品就會垮融掉。

「整個中心在那五年期間，沒有任何一件可以賣得出去的作品。所幸，這些對作品的堅持，到了最後都有所回報……」，沈老師仍然以不動如山的態度，輕描淡寫那幾年的苦楚。

「那中心裡的七十名工作人員怎麼辦？」

「有些人選擇離開，但大多數的人仍然堅持理念，留了下來和我們一起接受挑戰，不斷嘗試及創作……」，沈老師淡定地說。

二〇一〇年七月二日，1300度第一次完整的作品「720度立體圓雕」，成功對外發表。當時工作人員都感動地哭成一團。整整五年來的心血，終於畢其功於一役。

「你看，這件作品從上面、從下面、從前方、從後方，不要說三百六十度，從七百二十度度各個角度來看，都可以觀看出不同方向的美感，並且其跨度早就超越瓷器的物理限制，燒個數百度的烈火，就會把該作品的跨度毀於一旦。」

沈老師臉上出現較為興奮的表情，他比手畫腳說明眼前將時間凝結成永恆的藝術創作。他說，在創作「720度立體圓雕」時，必須在造型定稿後，另行翻模，先窯燒出要支撐本體部位的「外輪廓」，正式窯燒時，再以「外輪廓」支撐作品本身的結構，以承受窯燒過程中出現高溫與澎脹強大能量，避免出現破裂崩壞的情形。

沈老師帶我們走入他的工作室及窯廠，說明他的創作特色，就是組構、解構以及再組構的過程。一個完整的創作，為了讓它通過烈火的測試，得先窯燒部份物件，然後再全部組合窯燒，過程非常繁複，因此有時一個作品就得須要好幾十個或上百個細部的副件，分別窯燒最後組裝完成。

此外，為了達到沈老師要求的純白色瓷器特色，他得將作品粗胚以一千三百度窯燒一次，再上一層透明軸，以一千兩百度窯燒第二次，最後再將22K的金水，手工描繪到作品上，成為瓷器上的金邊線，再一

再一次窯燒到八百度。

沈老師的作品如今受到歐洲國家的重視，已有國際品牌代理其創作，一圓他再創瓷藝風華的夢想。從第一件成功的作品誕生後，他的創作力正值豐沛，陸續推出《東方系列》與《西方系列》的系列作品。《東方系列》展現東方傳說裡「神獸」的全新造型，《西方系列》則承繼西方「天使」與「花朵」雕像的主題，歌頌純淨與唯美的藝術之神。

◇

參觀完「1300度」後，沈老師很客氣地送我們出門，他氣定神閒地將中心的門輕掩。

我回頭瞥看了一眼，我相信在母親河畔，我看見了永恆閃現的光影。

沈亨榮東方系列作品中的神獸，神情活潑。

中心內的瓷器都是白色。

工坊一角，利用瓷器裝飾牆面。

沈亨榮在其藝術中心大廳擺設自己的瓷器創作。

1300

鐵橋阿公！百歲生日黑皮

繞行母親河畔一圈後，我越過車流湍急如昔的大馬路，回到最初的出發點。

我仰頭望去，鐵橋阿公的身影，映現在我眼前，彷彿一個再也熟悉不過的家人，就倚靠在家門口等待，那種情感的溫熱，剎那間在胸懷裡爆烈開來。

小時候，我坐過火車，攢入鐵橋阿公的懷抱裡，幾乎在同時，看到最親愛的母親河，我就在流動的車廂中，與我的家人重逢又分離。

鐵橋阿公早在一九七〇年代就已退休，那時我才就讀國小，記憶朦朦朧朧，似有似無。倒是長大後，坐在火車行經新建的高屏鐵橋，瞥見鐵橋阿公的身影，不禁訥悶人老了會老態龍鐘，但是阿公你怎麼不會？只是你臉上有鏽蝕般的老人斑，風颱把你吹斷了幾根肋骨，除此之外，你康健無虞。

鐵橋阿公，我只想問你，一百年的歲月，究竟要如何等待，才能等成一個永恆不變的身姿？

一百年了，鐵橋阿公，請你告訴我，你長壽的祕密，你對於過去的懷想，對於未來的期許。

對了，鐵橋阿公，我只想祝福你，百歲生日黑皮。

◇

在這一百年期間，鐵橋阿公，你一定看過好多次原本溫柔的母親河，竟然一夕暴怒抓狂的事。

一百年來，就有那麼幾天，上天傾盆而下一整缸的汪洋雨水，就算母親河說這不干她的事，但如浪濤洶湧的雨水，仍把母親河的身軀灌注得圓圓滾滾，甚至洪水穿破河堤而出，在大地上書寫狂暴的語言。

剛過一百歲生日的舊鐵橋阿公。

鐵橋阿公，我不知道你怎麼支撐過來的，但我知道你的心靈及身子，一定飽受折磨，洪水那麼瘋狂地咆哮，你得一邊規勸他，也得一邊做好萬全準備，一旦河水張狂到極點，便會吞吃周遭一切事物。鐵橋阿公，你又不是沒有碰過這等瘋狂的事。

每年就在颱風來襲的那幾天，有時你被撞斷肋骨，有時你跌傷小腿。洪水每次都吃了熊心豹子膽，更灌喝了氣吞山河的滿肚子雨水，他們就這麼惡狠狠地把你撞成了重傷。所幸你雙手在母親河嗚咽之下，還能有力氣支撐在河畔兩岸，阿公你救了許許多多的人們，如果真讓發了狂的洪水，侵入河堤內的城鎮，就再也沒有人可以陪你塗抹藍天的顏色，細數白雲的微笑了。

這難道，就是你期待的百歲生日禮物嗎？

我猜想，你想獲得的不是這個。你想，在母親河安靜下來之後，再和她要一個豐盛的禮物。

一個完完全全沒有狂妄口氣的生命之禮。

鐵橋阿公一百歲了，他的身體健朗如昔。

◇

其實早在一百年前，那名叫飯田豐二的建築師，就已送給鐵橋阿公你一個大禮，一個專屬於你的全新生命，以及你還沒來得及親自參與的誕生儀式。

飯田豐二，那個勾勒你生命型態的日本建築師，在一百多年前，就這麼站立在母親河畔，被溪畔的微風吹冷著，凝想要如何建造你，才能抵擋得住如此浩盪大河的衝激。飯田豐二構想以圓弧鋼桁架為主體，橋墩更以花崗石建造，呈現橢圓形狀，突破水路的圍阻。全橋共有二十四個圓弧型狀的鋼架，跨越母親河的身軀。

鐵橋阿公，你知道嗎？在你還沒被建造完成時，飯田豐二先生就因為得了瘧疾而不幸過世，你彷若是個無人眷顧的遺腹子，沒見過建造者一眼，就哇哇誕生於人世間，開展了你一百年幽長的生命歲月，穿走過了許多紅塵裡的滄海桑田。

飯田先生，他會很高興你成長得如此健壯，無懼風雨，無懼命運，穿越了所有歲月掀起的風暴，揮別所有歷史的不安。飯田先生僅僅活過

一般人眼中的短短四十年壽命，他卻獨獨遺留下你，讓你替他活過一切他未嘗活過的時光，未曾看過生命裡獨特的風景，與母親河共同守候這天這地共有的溫柔。

鐵橋阿公，我相信你也無法起身前往探望飯田先生的銅像，雖然銅像只有離你不到數百公尺的距離，但你一動身就驚動各界，我想我會代表你去掬一把哀傷的眼淚，就在你一百歲的前夕，阿公你應該會更有滿滿的感懷，哽咽不出的淚水，畢竟你唯一的家人，除了母親河之外，就是育你造你的飯田先生。

鐵橋阿公，我知道你，想向飯田先生致意的不僅僅是他創造了你，更是他讓你的生命更加有所意義，任何事物在世，到最後不就是灰飛煙滅眨眼成空。只是要著眼的是，這一切活得是否有意義，等待一生，等到最後的命運，又是什麼？

白雲蒼狗，鐵橋阿公走過蒼桑歲月。

一般人等到的，大抵是絕望無邊的孤寂與無奈，無法言喻窩藏在胸口的哀傷。但是鐵橋阿公，你究竟負載過多許多人的悲歡喜樂，那些成千成百噸重量級的笑靨與淚水，便是你一生守候至此的終極意義。

那天，我真的帶著一把純白的菊花，走到飯田先生的銅像，將菊花敬放在銅像前方，心裡向在天邊的飯田先生感謝，沒有他，就沒有一百歲的鐵橋阿公。如果這一切都失去，每次我經過母親河時，就彷若失去了一位摯親的家人。

母親河上的高屏舊鐵橋。

那些菊花被傍晚的微風，悄悄地吹了開來，花瓣往四方飄去，並且帶著鐵橋阿公無言的感恩，傳遞給那些所有曾協助阿公誕生的好朋友。

◇

我沿著母親河在地上或地下留下的水痕，還有她的水乳如何餵養人們的方向，無論是溪水澆灌哪些甜美的農作物，還是成就了哪些永恆不變的人文創作，這些都是母親河一點一滴拉拔所滋養的萬事萬物，形成了一個無法轉彎的命運箭頭，指引我如何穿流母親河畔，如何尋回最初的出發點。

站在母親河的身旁，站在鐵橋阿公你雄偉身軀的底下，人們的歡顏不但依舊，並且綻放的笑靨讓人陶醉。有爸爸媽媽帶著小孩，在鐵橋上方漫走，差點就要攢進鐵橋阿公的身體裡，所幸男人快跑向前斥責小孩，然後，他們倖倖然離去，

「我多想擁抱他們……只可惜……我無法伸出手來，再加上如今我多數的好友，全都離開人世了……」

這時鐵橋阿公竟然與一般人一樣，對著我及燦紅的黃昏嘆起氣來，還真像一個老人的口氣，對很多事都悲傷春秋起來。

「鐵橋阿公，你不要難過，你都快要一百歲了，人們還要幫你慶生……」

我的話還沒說完，兩岸剎那間亮起了無數的人間燈火，彷彿為阿公點起了從地平線鋪起的滿滿生日蠟燭，無數的亮點綿延到天際那頭，彷若天地之間，都在替鐵橋阿公歡渡一百歲生日。

我的眼眶濡濕了，我相信，一向無言的鐵橋阿公同樣早已淚水盈眶。

無論流不流淚，我們都得面對明天的陽光。

◇

午后的微風，依然親吻母親河的顏面，接著再撫觸我的臉頰，彷若想偷偷和我呢喃著一些祕密。

我揹負的行囊裡，裝滿著此次穿走溪畔的回憶，還有那些流汗耕耘歡呼收割人們的歡顏笑聲。

來自母親河水乳餵養的大地綠色小兵，從此栽種在我的心田裡，一年三百六十五天只為孕育那次最美麗的果肉。而三和瓦窯及1300度藝

術中心燒煉的磚瓦及白瓷，珍藏在我靈魂的小屋裡，我總是記得那烈火打造出的物件，就叫做永恆。

◇

我和鐵橋阿公做了一個最深重的擁抱後，告別我在這塊大地上的家人，重新踏上我注定穿走在大地與溪河的命運……

後記——一場追尋自我生命的行旅

穿走母親河畔的路程，看似結束，如今卻彷彿像一部生命紀錄片般，在我心中日日夜夜不停播映。

原來，這是一場追尋自我生命的行旅。

最初只想書寫三個從科技廠踏入旺來田現代農夫的篇章，最後卻成了一篇篇在母親河畔，探尋大地與溪河的故事。在這塊大地上不僅僅只有辛勤耕耘的農夫，在每個領域上都有這般種植夢想的人。

在書寫的過程中，一個又一個的人物走入字裡行間，巴哥、大仁哥、方大全，他們不想再待在無塵室裡，浪費自己的人生，想重新踩踏在土地上，看著自己的心血，化成一顆顆代表未來希望的旺來。

巴哥等人的名言，如果要栽種鳳梨，要先把自己想像成一粒微不足道的旺來，都深深種入我的心田。巴哥的有機栽培哲學，擴充成尊重各種生命的觀念，在大地耕種，就要與其他物種共生共榮，非得為了養活自己，搞得你死我活。在現代社會奔忙的人們，得學習大地與母親河的寬容，給所有人的生機，才能給自己一條活路。

在三和窯廠碰到三十多年未見的老同學俊宏，彷若與失散多年的自己重逢。俊宏讀小學時和我同班，記憶裡的他沉默寡言，如今跨越一萬多個日子再次見面，他已是扛下祖先志業的文化人，早已和磚瓦一樣，經歷過歲月烈火的不斷考驗，意志始終堅硬如石，堅持自己的理念和夢想。我也慶幸自己終能走上最摯愛的文學書寫，始終不放棄一圓文學之夢。

1300度藝術中心的沈老師，同樣是在專長領域裡，辛苦種下夢想的人，他堅持對藝術完美的追求，曾經五年一無所獲。我心想，能忍受五年在挫折裡的不斷煎熬，那是怎樣堅忍不拔的毅力啊，為了追求瓷藝之夢放手一搏，終究守住那最初的美麗。他的故事，像是雕刻刀在我的心房裡，一筆一畫刻下紀錄。原來，永恆是要用生命來拼搏。

母親河與舊鐵橋是我文章裡，唯一接受採訪卻無法回答的對象。他

們早已化身成我過世已十年的母親，以及未曾謀面的阿公。兩人對我的關愛，始終將我暖暖地擁抱著。我穿走在溪畔，總是見到兩個最熟稔的家人，那樣守候在天地之間，守候著大地上所要孕育成成長的一切。

◇

是的，這就是一場追尋自我生命的行旅，不曾間斷，也不會停歇，我始終穿走在母親河畔，一直種下我的夢，並且尋找不停在耕耘夢想的朋友。

有夢的人，讓我和你一同穿走在母親河畔……

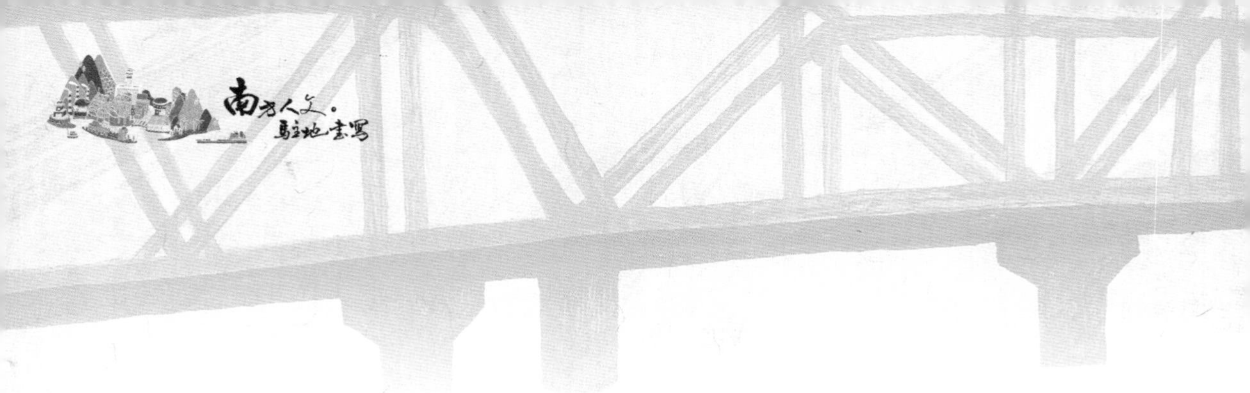

畫家／林怡芬

Tokyo designer college畢業，後任職於台灣電通創意部。二〇〇〇年成立工作室，以插畫創作為主。曾獲得二〇〇七年金鼎獎「最佳插畫獎」。出版繪本《橄欖色屋頂公寓305室》及《one day》等筆記書數本。曾于台北、東京舉辦過多次展覽。

導演／二人三角影像創作工作室

《二人三角影像創作工作室》於二〇一〇年成立，作品《髫鬏花》（2010）獲客家音樂ＭＶ創作大賽「最佳導演獎」、第一屆 Your Greatest Glory 國際短片比賽特別獎（2011）獲「最佳活動宣傳短片獎」、《台壽感動您和我》（2011） 短片大募集活動「金獎」。活動紀錄片作品《蚵寮漁村小搖滾》、《Back to spin》等。

攝影／鍾舜文

做為鐵民的三女兒，一九七八年十一月初誕生於高雄美濃笠山山腳下。一點直、一點迷糊、一點記性不靈光，總以螞蟻姑娘的緩慢細膩，在時間的軸上，數著山谷中爬樹捉迷藏的童年往事、旗尾山下頂著細雨打籃球的青澀歲月；記著鹿港半線街的夏日午後，以及大肚山紅土坡上關於風的濕度與人的溫度。於是，在二〇〇六年初秋，回鄉；然後，靜靜的凝視、靜靜的將眼中所看、心中所記、腦中所憶的一切逐一收集。

南方人文。駐地書寫

國家圖書館出版品預行編目(CIP)資料

穿走母親河畔 / 郭漢辰 著. -- 初版. -- 高雄市:高市文化　局, 2013.10
面;　公分 --(南方人文. 駐地書寫)
ISBN 978-986-03-8704-9(平裝)

855　　102022300

穿走母親河畔

文　　字 | 郭漢辰
攝　　影 | 鍾舜文
繪　　圖 | 林怡芬
刊頭設計 | 陳虹伃
B V 導演 | 二人三角影像創作工作室
主 網 站 | 南方人文・駐地書寫 http://w9.khcc.gov.tw/writingsouth/

出 版 者 | 高雄市政府文化局
發 行 人 | 史哲
企劃督導 | 劉秀梅、郭添貴、潘政儀、陳美英
行政企劃 | 林美秀、張文聰、陳媖如
地　　址 | 802 高雄市苓雅區五福一路67號
電　　話 | 07-2225136　傳　　真 | 07-2288814
網　　址 | www.khcc.gov.tw

編輯承製 | 印刻文學生活雜誌出版有限公司
總 編 輯 | 初安民
編輯企劃 | 田運良、林瑩華
視覺設計 | 黃裴文
地　　址 | 235 新北市中和區中正路800號13樓之3
電　　話 | 02-22281626　傳　　真 | 02-22281598
網　　站 | www.sudu.cc

總 經 銷 | 成陽出版股份有限公司
電　　話 | 03-3589000　傳　　真 | 03-3556521
郵政劃撥 | 19000691 成陽出版股份有限公司

指導單位 文化部 MINISTRY OF CULTURE
共同出版 高雄市政府文化局 Bureau of Cultural Affairs Kaohsiung City Government　INK 印刻文學生活誌

初版一刷 2013年10月
定價 220元
ISBN 978-986-03-8704-9　GPN 1010202498

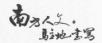